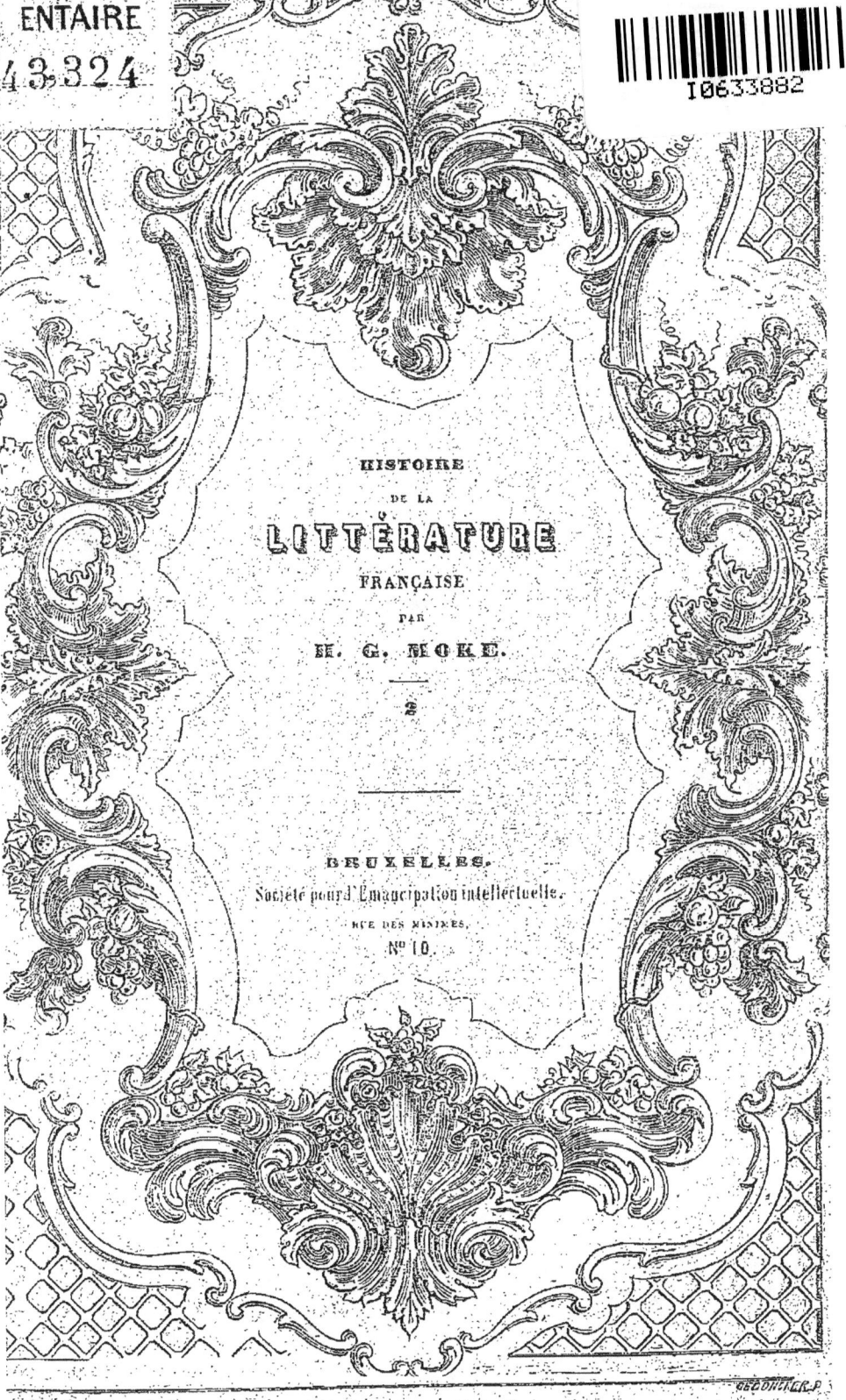

HISTOIRE

DE LA

LITTÉRATURE

FRANÇAISE

PAR

H. G. MOKE.

2

BRUXELLES.

Société pour l'Émancipation intellectuelle.

RUE DES MINIMES,

Nº 10.

HISTOIRE

DE LA

LITTÉRATURE FRANÇAISE.

Une soirée à l'hôtel Rambouillet.

HISTOIRE DE LA LITTÉRATURE FRANÇAISE

M. VALENTIN D.

HEBERT SC.

Molière et sa servante.

BIBLIOTHÈQUE NATIONALE

HISTOIRE

DE LA

LITTÉRATURE FRANÇAISE

par

H. G. MOKE

TOME I

BRUXELLES
JAMAR
ÉDITEUR.

1854

HISTOIRE

DE LA

LITTÉRATURE FRANCAISE.

CHAPITRE IX.

LES SCIENCES POLITIQUES ET MORALES PENDANT LA SECONDE MOITIÉ DU XVIᵉ SIÈCLE.

Caractère des ouvrages historiques de cette époque.—Le Loyal Servi-
teur.—Mémoires de Guillaume et de Martin du Bellay.—Montluc, la
Noue et Castelnau. — Brantôme. — Sa moralité et ses opinions. —
Ses jugements politiques. — D'Aubigné. — Jacques de Thou. — Les
théories politiques commencent à occuper les esprits.—La Boëtie.—
Le système calviniste. — La République de Bodin. — Son but. —
Importance et caractère de cet ouvrage. — Imperfection du système
de Bodin. — Diversité de ses études et oscillations de sa pensée. —
Pamphlets politiques de cette époque. — La Satire Ménippée. —
La philosophie représentée par Montaigne. — Origine de ses Essais.
— Système qu'il adopta. — Sa manière. — Instabilité de ses opi-
nions. — Ses emprunts à la littérature classique. — Son style. —
Ses défauts. — Pierre Charron. — Ses doctrines. — Sa méthode.

A côté de l'école poétique dont Ronsard fut le
chef et qui parut un moment briller d'un éclat si vif,
la seconde moitié du XVIᵉ siècle nous offre un certain

1

nombre de penseurs hardis et profonds, qui exercè-
rent sur l'esprit de leur âge une action plus durable.
Les sciences politiques et morales appelaient de nouvelles études depuis que les doctrines scolastiques se
trouvaient ébranlées ; de hautes intelligences s'y ap-
pliquèrent avec une vigueur et une supériorité jusqu'alors inconnues, quelquefois même avec cette
puissance de langage que les derniers progrès avaient
fait acquérir.

Cependant les historiens de cette époque sont
encore assez peu remarquables ; le trouble où des
dissensions intestines plongeaient la société, joint au
désordre qui régnait dans les idées nouvelles, ne
permettait guère à l'histoire de naître forte et majestueuse sur les débris d'un monde ébranlé. Quelques peintures vigoureuses, mais violentes, reprodui-
sent l'emportement passionné des partis et surtout
du protestantisme. Un écrivain grave et sévère, le
président de Thou, composa en latin une histoire
universelle qui n'appartient guère qu'à la littérature
savante. Le reste des ouvrages historiques se borne
à des récits d'actions de guerre et d'aventures per-
sonnelles qui, bien qu'assez intéressants pour éveiller
parfois la curiosité du lecteur, ne s'élèvent pas assez
haut pour rendre la société attentive et mériter une
place distincte dans le souvenir de la postérité. Nous
n'aurons donc à citer de ce chef qu'un petit nombre
de noms.

Un chroniqueur assez gracieux avait fleuri sous
François Ier. C'était l'auteur inconnu qui, sous le
nom de Loyal Serviteur, avait raconté l'histoire
du chevalier Bayard. Il rapporte naïvement, avec

un mélange de respect et d'enthousiasme, les hauts faits du bon chevalier, tâche dont la simplicité ne demandait à l'esprit qu'un effort médiocre ; car, dans le cercle étroit de la vie guerrière de Bayard, tout se trouvait à la mesure des idées du temps. Mais pour écrire l'histoire du pays ou même celle du souverain, la pensée aurait dû s'élever plus haut, et peut-être une pareille œuvre n'était-elle pas encore devenue possible avant que les notions politiques se fussent développées dans la lutte des partis. On vit cependant paraître, peu après la mort de François Ier, un ouvrage qui promettait la peinture intelligente des grands événements de ce règne : c'étaient les *Mémoires historiques de Guillaume et de Martin du Bellay,* qui tous deux avaient pris une part importante aux affaires ; mais leur livre ne répond ni à la renommée de talent et d'habileté qu'ils avaient acquise, ni à la dignité du rôle de l'historien. C'est un récit maigre, sans profondeur et plein d'apprêt, qui tantôt rebute par sa sécheresse, tantôt révolte par sa partialité, et que Montaigne appelait un plaidoyer pour le roi de France contre Charles-Quint.

Quand la guerre civile et religieuse eut éclaté (après la mort de Henri II), la violence des opinions et les vicissitudes des événements agitèrent si fortement les esprits qu'au sortir de la lutte plusieurs de ceux qui s'y étaient signalés s'occupèrent encore de la décrire. De là un assez grand nombre de mémoires qui mettent en relief des figures remarquables, comme ceux du farouche Montluc, aussi fier de sa cruauté que de sa bravoure, et les discours politiques et militaires de la Noue, l'esprit le plus logique et le soldat le plus intrépide du parti protestant. Le premier raconte avec la chaleur de la passion et l'exagération de la vanité; le second atteint quelquefois à la gravité de l'histoire. Plus calme encore, parce qu'il écrivait plus longtemps après la tempête, Michel de Castelnau, gentilhomme catholique qui avait joué un rôle actif sous quatre rois, commença, sous le même titre de Mémoires, une narration impartiale et quelquefois lumineuse des affaires de son temps. Son intelligence des intrigues politiques l'a fait comparer à Commines, bien qu'il ne connaisse pas toujours à fond les questions d'État qu'il touche; mais il n'a pas, comme l'historien de Louis XI, le don de tracer de ces portraits frappants qui se gravent dans la pensée et qui parlent à l'imagination.

Tel est au contraire le genre de mérite qui distingue Brantôme, le seul des conteurs de ce temps qui se détache de la foule par son originalité. Il offre le type contemporain de ces braves de cour dont l'égoïsme mercenaire et la volonté frivole se paraient d'un vernis d'honneur, d'habileté, de belles manières et de connaissance des hommes et des choses du monde. C'est un cadet de Gascogne, issu de bonne maison, mais plus ambitieux que sage, qui a porté au service des princes un esprit mobile, un caractère fantasque et une humeur exigeante dont sa fortune s'est ressentie. Un moment il a cru, sous Charles IX, toucher à la faveur royale; puis, se voyant moins aimé de Henri III, il s'est retiré dans son château avec le dessein, qu'il avoue, de trahir sa patrie et de gagner la protection du roi d'Espagne, en lui livrant quelque place importante. Mais alors une chute qui lui a brisé les reins est venue le condamner au repos, et c'est pour se distraire de sa longue inaction qu'il retrace ses souvenirs. Les habitudes du courtisan et une certaine facilité d'observation lui donnent aussi quelque rapport avec Commines : toutefois la hâblerie du Gascon n'a pas la même portée que la froide perspicacité du Flamand. L'un ne s'arrête qu'au fond des choses, l'autre pénètre peu au-dessous de la surface. Tous deux ont une morale étrange ; mais elle est plus à découvert chez Brantôme, qui étale pour principes les maximes suivies au Louvre, et qui règle sa conscience sur l'exemple de la cour. Ses principaux traités renferment la vie (ou plutôt le portrait) des grands capitaines et des dames célèbres. Il s'y complaît à en rehausser l'image par des éloges tantôt décernés avec intelligence, tantôt pleins de frivolité, et lui-même calque volontiers son opinion sur celle des vaillants cavaliers et des nobles princesses dont il esquisse l'histoire. Plus riches d'anecdotes que de récits sérieux, ses ouvrages ne manquent pas de ce genre d'attrait qu'offrent des causeries faciles, variées, mêlées de faux et de vrai, mais semées de traits piquants. Son Discours sur le duel fait passer sous nos yeux les tueurs célèbres qu'il admire de bonne foi. Il est prêt à convenir avec eux qu'un homme d'honneur peut se défaire d'un ennemi par surprise, et qu'après un défi les convenances demandent qu'on ne s'arrête qu'à la mort. Cependant, si quelque meurtre est suivi de représailles, il ne manquera pas d'y voir le doigt de Dieu, et il est même convaincu que la Providence a puni jusqu'au dernier les soldats qui ont saccagé Rome et les égorgeurs qui ont massacré les protestants à la Saint-Barthélemy.

Les admirations politiques de Brantôme ne sont pas moins curieuses. Il met au premier rang le grand roi d'Espagne, Philippe II, qui n'a jamais reculé devant une entreprise, et la bonne reine mère, Catherine de Médicis, qui a su tenir la cour la plus brillante qu'on ait vue. Ajoutons, pour l'excuser, que cette princesse l'a protégé autrefois, et qu'à défaut de jugement il montre ici de la reconnaissance. Ce qu'on lui pardonnerait moins facilement, c'est le cynisme de quelques-unes de ses pages et les maximes d'indulgence effrénée qu'il semble emprunter aux contes les plus licencieux de l'Italie. Mais qui aurait le courage de demander compte de ses doctrines à cet esprit plein d'inconséquence, qui ne voit de scandale qu'à désigner par leur nom les personnes dont il médit? Le désordre règne dans ses écrits comme dans ses idées morales; la méthode lui manque comme les principes; en toutes choses il marche à l'aventure, au risque de se fourvoyer.

Des allures complétement opposées caractérisent, comme on pouvait s'y attendre, l'écrivain qui représente l'opinion extrême du parti calviniste : c'est le fameux d'Aubigné, que nous retrouverons plus loin parmi les écrivains satiriques. Son *Histoire universelle*, composée à Genève où il s'était réfugié, est un ouvrage dicté par une seule pensée, rapportant tout à l'intérêt d'une seule cause, et dès lors étroit et injuste, quoique vigoureux. Le talent de d'Aubigné s'y révèle par des peintures énergiques, mais il est entraîné par la passion; il s'écarte et se détourne, et

d'ordinaire le plaidoyer domine le récit. De là l'oubli
où est tombé son livre, tandis qu'on lit encore avec
intérêt non-seulement ses pamphlets politiques, mais
encore quelques pages de sa vie écrites d'un style
naturel.

Reste Jacques de Thou, qui, comme nous l'avons
déjà remarqué, ne daigna employer que la langue
latine, et dont l'ouvrage, prolongé jusqu'en 1617,
appartient presque autant au xviie siècle qu'au xvie.
Son histoire, dont la célébrité fut européenne, embrasse toute son époque. Si par sa forme elle sort
des limites de notre cadre (puisqu'elle n'appartient
pas complétement à la littérature française), nous
pouvons cependant remarquer que c'était un beau
modèle offert aux contemporains que celui d'un livre
sage et impartial, écrit dans un esprit de tolérance
et de légalité. De Thou est un historien droit et
ferme, qui répond par l'élévation de la pensée et du
langage à la grandeur de sa mission. Catholique et
magistrat, il ne se passionne que pour la liberté politique et religieuse qu'il comprend déjà à la manière
de notre âge. Écrivain éloquent dans une langue
morte, il ne lui manque peut-être, comme historien,
que des théories politiques plus précises. Il a des
sentiments généreux et des notions morales, plutôt
que des idées fixes sur les principes du gouvernement
et de la société. A la vérité, la science politique commençait à peine de naître; mais elle avait déjà produit des écrivains qui osaient aller plus loin dans ce
sens que de Thou.

Rien n'est plus remarquable, dans le mouvement
des idées à cette époque, que l'apparition de ces

premiers publicistes qui, au milieu des désordres
des guerres civiles, cherchaient à reconnaître les
bases du droit et les limites de l'autorité. Sous
François Ier, les sceptiques les plus audacieux res-
pectaient encore la majesté du pouvoir royal. Mais
bientôt après lui un magistrat d'un caractère grave,
Étienne de la Boëtie, conseiller au parlement de Bordeaux, osa se demander si ce pouvoir absolu était
chose légitime, et il en attaqua l'institution dans un
discours assez violent, intitulé : *le Contre-Un, ou de
la Servitude volontaire*. Cet ouvrage, qui ne fut publié qu'après la mort de l'auteur, nous le montre ennemi de l'obéissance passive [1]. Ses opinions religieuses
n'étaient ni d'un calviniste ni d'un sceptique, et quoique les misères du peuple, qu'il impute aux chefs de
l'État, soulèvent sa colère, son livre n'a rien qui se
rattache aux circonstances, sinon l'esprit qui l'a dicté.
On voit que dès longtemps l'auteur a puisé dans la
lecture des anciens des idées toutes républicaines,
qu'il expose avec une véhémence un peu déclamatoire.
Ce n'est pas qu'il haïsse les rois de France, qui, sui-

---

[1] Montaigne affirme que *le Contre-Un* fut écrit à l'âge de dix-
huit ans, et par conséquent avant l'entrée de la Boëtie au parlement de Bordeaux. Ce ne serait, suivant lui, qu'une sorte de
thèse philosophique sans but et sans portée. Mais il ne dit pas
ici toute la vérité, et ne songe qu'à défendre son ami, dont on
attaquait la mémoire. La Boëtie était né en 1530, et son discours
parle de Ronsard et de du Bellay comme étant alors dans toute
leur gloire, ce qui ne peut convenir qu'aux années 1555 à 1560.
Quant à ses opinions politiques, Montaigne avoue qu'il aurait
mieux aimé être né à Venise qu'à Sarlac, c'est-à-dire dans une
république qu'en France.

vant lui, « ont toujours esté si bons en la paix, si
vaillants en la guerre, que encores qu'ils naissent
roys, il semble qu'ils ont été choisis par le Dieu tout-
puissant, devant que naistre, pour le gouvernement
et la garde de ce royaume. » Mais, invoquant les notions naturelles de liberté humaine, d'égalité primi-
tive et de fraternité sociale, il s'élève contre l'idée de
la domination d'un seul, qu'il ne considère qu'en
théorie, à la manière des philosophes anciens, et nullement à un point de vue pratique, comme les jurisconsultes. Aussi ne s'occupe-t-il pas d'examiner quelles
nécessités immédiates ont conduit les peuples à la
soumission, et quelles formes politiques pourraient
remplacer celles qu'il repousse. C'est le principe
seul de la royauté qu'il attaque sans sortir des abs-
tractions. Mais déjà autour de lui la même question
était agitée moins vaguement par des hommes qui ne
devaient pas s'en tenir aux théories : car les calvi-
nistes aussi, voyant levé sur leur tête le glaive des
rois, s'étaient pris à chercher par quels moyens la
liberté des sujets pourrait trouver des garanties autour du trône et dans le sein du pays.

Cette grande question avait été agitée par Calvin
lui-même, dans son *Institution de la religion chré-
tienne*. Quoique partisan déclaré de l'action impérieuse du gouvernement et de la soumission complète
du peuple, il s'était vu forcé d'établir une réserve en
faveur des résistances politiques et religieuses : car il
ne pouvait pas condamner les princes luthériens qui
combattaient contre l'empereur pour l'intérêt du protestantisme. Distinguant donc du peuple même ses
représentants réguliers (comme les électeurs et les

membres de la diète), il avait reconnu aux états de chaque pays le *devoir* de défendre les libertés nationales [1]. Ce système devint ensuite familier à tous les publicistes du même parti, à mesure que les événements d'Angleterre et des Pays-Bas fixèrent leur attention sur le régime constitutionnel établi dans les contrées du Nord. Mais ils mêlaient aux vieilles idées germaniques sur les bornes du pouvoir royal de prétendues doctrines bibliques, sur le droit de déposer ou même de châtier par le glaive un prince infidèle à Dieu. Leurs traités sur ces matières étaient tantôt graves et profonds, comme ceux où Hotman et d'autres jurisconsultes évoquaient les lois antiques de la monarchie, tantôt superficiels et violents à la manière de nos pamphlets. L'opinion s'en émut, et les catholiques parurent effrayés de l'habileté redoutable de leurs adversaires.

Ce fut alors qu'on vit un des hommes les plus savants de ce siècle d'érudition, Jean Bodin, qui avait été tour à tour moine, légiste et magistrat, entreprendre de fixer les principes de la science politique, en déterminant les conditions d'ordre et d'harmonie des sociétés humaines, les droits des peuples et des souverains, et les moyens de gouvernement les plus sages. Avant d'aborder ce vaste sujet, il s'était déjà fait remarquer par divers ouvrages écrits en

---

[1] Voyez l'Institution, l. IV, c. XX, § 31. Il y a une sorte de contradiction entre ce paragraphe et les précédents, où Calvin admet presque l'idée d'une intervention de Dieu qui dispense les peuples de résister eux-mêmes. On voit que le fait lui dicte sa doctrine, mais qu'intérieurement il n'admet pas le principe de liberté.

latin, entre lesquels on estime surtout sa *Méthode pour la connaissance de l'histoire*. Député aux états de Blois en 1576, il y joua un rôle honorable, en maintenant l'indépendance du tiers état, en faisant reconnaître comme propriété du pays le domaine de la couronne, et en s'opposant à la proscription des huguenots, quoiqu'il repoussât avec colère leurs témérités politiques. En effet, c'était avec inquiétude qu'il voyait attaquer la vieille constitution monarchique établie en France, et qui, malgré ses imperfections, lui paraissait convenir à un grand peuple. Son *Traité de la République*, publié l'année suivante (1577), porte l'empreinte de cette disposition d'esprit. Ce n'est pas tout à fait un livre de simple théorie, quoique la forme soit purement didactique; l'auteur, en se livrant à des études profondes sur un sujet vaste et neuf, songe moins encore à servir la science que la patrie. Il prévoit quelque changement prochain, et veut qu'il « soit doux et naturel, si faire se peut, et non pas violent ni sanglant. » C'est dans ce dernier but qu'il l'écrit « en langue populaire, pour estre mieux entendu de tous François naturels. » Son style simple et clair, sans prétention à l'élégance, n'a de mérite qu'une certaine fermeté; en revanche sa pensée, large et profonde, est d'un esprit supérieur, qui s'égare quelquefois, mais qui ne se sent jamais accablé sous le poids de sa tâche.

Les traités politiques des anciens philosophes et les livres récents de Machiavel et de Thomas Morus étaient les seuls où il pût puiser quelques éléments de théories sociales; mais les anciens avaient écrit pour un monde différent du nôtre, et ni Morus ni

Machiavel lui-même n'avaient embrassé le vaste cercle
que se traçait Bodin. Cependant sa connaissance profonde des lois et de l'histoire lui permit de le remplir. Considérant tour à tour la société dans son origine, dans ses formes et dans son action, il lui
reconnaît pour but ce développement de l'homme
moral, qui est aussi l'objet de la vie ; pour premiers
liens, ceux qui constituent la famille ; pour caractères, ceux que lui assignent la raison et l'expérience
qu'il invoque tour à tour et souvent avec succès.
Chacune des grandes questions qui se présentent à
lui dans le cours de cet examen est traitée à fond, et
il y déploie un savoir vraiment prodigieux ; mais le
résultat général auquel il arrive reste incomplet et il
l'avoue lui-même. En effet, après avoir marqué des
bornes à l'autorité légitime des rois, qui doivent,
suivant lui, obéir aux lois générales, s'interdire de
lever des impôts arbitraires et renoncer à toute intervention dans les affaires de justice, il n'ose encore
établir aucun corps indépendant qui balance leur autorité et qui les empêche d'en dépasser les limites. Il
souhaite donc une royauté tempérée, mais il ne lui
donne point de garanties. C'est qu'il redoute le choc
de pouvoirs différents, et qu'il ne croit pas possibles
les constitutions mixtes, regardant comme démontré
que « la puissance royale, aristocratique et populaire
ensemble, » équivaudrait à une simple démocratie.
C'est là, en effet, une erreur où devaient conduire
les théories politiques, quand le jeu des formes con-
stitutionnelles était encore inconnu. Or, de toutes les
révolutions sociales, la plus dangereuse lui paraîtrait
celle qui ferait passer le pouvoir aux mains de la

foule., masse brutale qui n'admet qu'une « justice arithmétique, » sans distinction des rangs et de l'intelligence. Mais cette répugnance pour la démocratie ne l'empêche pas de recommander que, dans la monarchie même, l'esprit du gouvernement soit mixte et en partie populaire ; car tout ce qu'il a refusé à la liberté du peuple il voudrait l'obtenir de la sagesse du souverain.

Les reproches même qu'on peut adresser à Bodin semblent parfois relever le mérite de son ouvrage, en rappelant les ténèbres qui régnaient encore autour de lui. Il avait approfondi laborieusement les connaissances mensongères qui faisaient illusion aux savants de son siècle, comme l'astrologie et les combinaisons mystiques des nombres, et il n'a pas tout à fait la force de les rejeter [1]. Il croyait aux sorciers, dont il voulut démontrer l'existence dans sa *Démonomanie*, livre étrange où l'érudition n'atteste que les erreurs des âges précédents, et qui rendit l'auteur lui-même suspect de sorcellerie. On l'a plus sérieusement accusé de judaïsme, tant l'étude des livres hébraïques avait exercé d'influence sur ses opinions. Succombant enfin à la fatigue de tant d'efforts, sa pensée semble être devenue flottante, et le soupçon d'incrédulité atteignit sa vieillesse ; comme si à cette époque d'oscillation les esprits les plus vigoureux n'avaient pu atteindre par les voies de la science qu'à l'incertitude et au scepticisme.

---

[1] Il argumente en faveur de l'astrologie, tout en reconnaissant qu'elle peut tromper. Quant aux harmonies numériques, dont Platon et Aristote admettaient la puissance mystérieuse, il croit avec eux qu'elles font la force de l'État, mais en y donnant pour

Mais tandis que l'impuissance du savoir et l'imperfection des théories égaraient ainsi les géants de la pensée, l'expérience et la réflexion semblaient éclairer peu à peu l'opinion générale. A défaut de doctrines bien arrêtées, un sentiment juste des droits et des devoirs sociaux règne souvent dans les ouvrages de circonstance que faisait naître la lutte acharnée des partis. La satire, qui devint une arme irrésistible sous la forme populaire du pamphlet, châtia tour à tour, dans les actes de chaque pouvoir, tout ce qui blessait l'équité naturelle et la morale publique. Les protestants avaient été les premiers à la manier avec succès. Amère et violente dans les apologies ironiques d'Henri Estienne, elle prit un ton de finesse railleuse dans les *Petits mémoires de la Ligue* de Simon Goulart, et surtout dans la *Confession de Sancy* et les *Aventures du baron de Fœneste*, san-

ainsi dire un sens allégorique. Tel est du moins le résultat auquel il semble arriver, en figurant d'après Platon le symbole d'une république stable (voyez la figure ci-jointe). Les deux progressions géométriques, 1, 3, 9, 27, 81, et 1, 2, 4, 8, 16, représenteraient la gradation régulière, l'une du pouvoir, l'autre de l'avoir. De ces deux éléments, qu'il appelle masculin (la hiérarchie) et féminin (la répartition) naîtrait l'harmonie

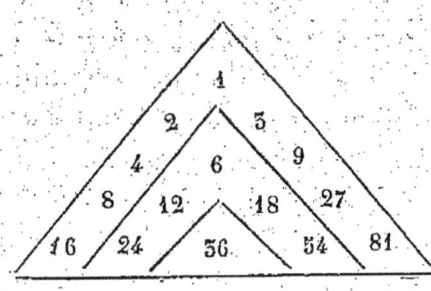

de tout le reste. La progression arithmétique 1, 2, 3, 4, 5, ou 1, 3, 5, 7, 9, qui aurait exprimé l'uniformité (l'égalité absolue), paraît écartée à dessein comme cause de trouble.

glantes parodies où d'Aubigné flétrit la bassesse des
courtisans et la lâcheté des défections politiques.
Les pasquinades grossières des ligueurs ne peuvent
se comparer à ces écrits aussi ingénieux que mor-
dants ; mais des productions encore plus remarquables émanèrent des esprits sages qui soutenaient
alors dans le parti catholique la cause de l'ordre et
de la modération. C'étaient Regnier de la Taille et
les auteurs de la Satire Ménippée. Le premier, dans
son *Livre des métiers*, sut proclamer avec une rare
vigueur les intérêts du peuple ; les seconds arrachè-
rent aux chefs de la Ligue le masque hypocrite dont
ils couvraient leur ambition, et aujourd'hui encore
leur ouvrage est compté parmi les chefs-d'œuvre.

Il serait difficile d'analyser ce pamphlet historique,
où sont mis en scène les désordres d'une époque
d'anarchie. Divers écrivains, unis par la conformité
d'opinions et de sentiments, s'étaient partagé la tâche
de ridiculiser les fauteurs de la guerre civile. L'honneur du projet et du plan appartient surtout au cha-
noine Pierre Leroi ; Nicolas Rapin, Gilles Durand,
Florent Chrétien et Passerat, beaux esprits et poëtes,
fournirent leur part de prose et de vers : mais le
morceau le plus saillant est un discours d'une éloquence mâle, quoique pompeuse et recherchée, qui
offre la peinture des souffrances publiques et dont
on fait honneur au jurisconsulte Pierre Pithou. Écrit
avec une verve tour à tour railleuse et brûlante, le
livre ne se distingue pas moins par la sagesse des
opinions qu'il laisse éclater. Défenseurs de la légitimité, les auteurs la soutiennent sans fanatisme : c'est
au nom de l'intérêt public et non pas d'un droit divin

qu'ils invitent la France à respecter ses vieilles in-
stitutions : c'est comme absurdes, encore plus que
comme criminelles, qu'ils flétrissent les tentatives de
gouvernement qu'ils voient avorter entre des mains
violentes. Ils demandent à la royauté une autorité
fixe, sans entraves féodales, sans prépondérances
aristocratiques, sans faiblesse et sans tiraillements.
Si ce n'était point là poser les bases systématiques
d'une théorie régulière, c'était du moins tendre au
seul résultat pratique qui pût encore être réalisé.

Comme la science politique, la philosophie, encore
impuissante à se constituer un ensemble de doctrines,
parvenait cependant à répandre un certain mouvement dans les intelligences. Nous la voyons d'abord
aboutir aussi au scepticisme, dans le premier livre
français qui lui soit consacré, les *Essais* de Montaigne. Et cependant ce n'est ni l'agitation fébrile
d'un caractère avide et inquiet, ni l'entraînement
des convictions nouvelles, qui inspire à l'écrivain le
doute ou l'ardeur de détruire. Jamais l'égoïsme
paresseux d'une nature molle et sensuelle ne cap-
tiva plus complétement une haute intelligence. Michel de Montaigne, gentilhomme oisif, arrivé doucement à la maturité de l'âge, et mettant surtout son
bonheur dans le bien-être, est l'ennemi déclaré des
« nouvelletés » qui ont amené depuis peu la pertur-
bation du beau pays de France. Le danger qu'elles
attirent l'effraye, leur bruit le choque, le tumulte
de son temps lui fait regretter l'heureuse paix d'autrefois. Mais quand il sonde sa propre pensée, il ne
trouve pas en lui-même ce principe de fixité qui seul
peut créer l'ordre. Les opinions qui règnent autour

de lui, ses idées, ses penchants, ses inspirations, ses souvenirs, tout lui paraît confus, mal assuré, plein de contrastes et de désaccord. Il se demande : Que sais-je? Et lorsqu'il a consulté sa raison, il doute encore de son témoignage. Dans cet état d'indécision, où l'esprit n'a plus de voie tracée, tout devient objet d'examen pour Montaigne, à qui une éducation savante a donné le goût de la lecture et l'habitude de la méditation, et qui joint une imagination vive à une rare sagacité. Son attention, éveillée par ses propres doutes ou par les réflexions des historiens et des philosophes, se porte tour à tour sur une foule de questions qu'il approfondit, sans s'astreindre à les classer, et qui, traitées dans un ordre accidentel, mais non sans étude et sans application, deviennent le sujet fécond et varié de ses *Essais*.

Pour raffermir la marche de l'esprit, il le dégage de lien systématique, et il ne cherche la vérité que dans la raison et dans la nature. Mais quand il faut mettre d'accord ces deux guides qui ne vont pas toujours du même pas, il reconnaît et proclame lui-même son insuffisance, ou plutôt il donne gain de cause au sensualisme le plus absolu, en refusant à l'intelligence l'empire sur l'instinct. Prompt à se défier de ses lumières et presque de sa conscience, il brise dans les mains de l'homme les armes de la sagesse, sans trop s'effrayer de le livrer à ses penchants. Les erreurs de la raison lui inspirent une pitié dédaigneuse, tandis qu'il se réconcilie assez facilement avec les faiblesses de la nature, sur lesquelles il a si bien pris son parti qu'il ne semble plus les regretter. De là chez lui une double tendance : d'une part, le

2.

doute philosophique avec tous ses avantages; de
l'autre, l'indifférentisme moral avec tous ses dangers.
Mais comme il ne fait qu'indiquer en souriant cette
molle indifférence, le relâchement de ses opinions
paraît conserver une certaine mesure, et ce qui ressort dans son livre, c'est la hardiesse et la franchise
de la pensée, qui paraît d'autant plus vigoureuse
qu'elle déguise moins ses oscillations.

Les *Essais* parurent en 1580, et la faveur avec laquelle ils furent accueillis devint pour Montaigne un
motif de les revoir et de les retoucher plutôt que de
les grossir : car il n'y ajouta plus qu'un petit nombre
de chapitres. Le scepticisme, qui laissait tant de lati-
tude à ses sentiments, n'exigeait pas une exposition
plus méthodique, et dans la marche libre que l'auteur
avait adoptée, les points qu'il avait choisis étaient
traités de main de maître. En effet, comme il se
laisse guider par l'inspiration du moment, il y a toujours dans sa pensée de la vivacité, de la chaleur, de
la force. Délivré du joug de l'ordre, dont la roideur
gênerait les mouvements de son esprit, il puise de la
grâce dans le laisser-aller de son imagination et de
sa parole; mais il ne tombe pas dans la diffusion
et dans la mollesse qui naissent trop souvent de la
facilité : car il écrit avec autant de soin que de goût,
et il revient à plusieurs reprises sur son travail, effa-
çant ce qui lui paraît faible, changeant même de conviction quand il n'approuve plus les arguments qu'il
avait d'abord préférés, ou quand il est tombé sur un
auteur qui l'a entraîné dans un autre sens. Cette instabilité de ses opinions, qu'il impute à un défaut de
mémoire et à une mobilité d'esprit naturelle, est si

naïvement décrite par lui-même que nous le laisserons parler. « En mes écrits je ne trouve pas toujours l'air de ma première imagination : je ne sçay ce que j'ay voulu dire, et m'échaude souvent à corriger et y mettre un nouveau sens, pour avoir perdu le premier qui valoit mieux. Maintes fois ayant pris pour exercice et pour ébat à maintenir une opinion contraire à la mienne, mon esprit tournant et s'appliquant de ce côté-là m'y attache si bien que je trouve plus la raison de mon premier avis et m'en dépars... Les écrits des anciens me tentent et me remuent quasi où ils veulent : celui que j'oy me semble toujours le plus roide; je les trouve avoir raison chacun à son tour, quoiqu'ils se contrarient [1]. »

Son estime pour les grands auteurs de l'antiquité ne se manifeste pas seulement par des louanges; il se nourrit de leur lecture, les cite fréquemment et les imite presque toujours. C'est par là qu'il réussit, d'après son expression, à donner une bonne façon aux matières qu'il traite. Tous lui sont familiers, même les Grecs, qu'il se plaint de comprendre mal; mais il en est deux sans lesquels il avoue ne pouvoir

---

[1] L. XI, c. XII. Effrayé lui-même des inconséquences où le jette cette instabilité de la pensée, il s'en est fait un motif pour conserver des principes fixes en religion et en politique. « Or, de la cognoissance de cette mienne volubilité, j'ay, par accident, engendré en moi quelque constance d'opinion : car quelque apparence qu'il y ait en la nouvelleté, je ne change pas aysément, de peur que j'ay de perdre au change, et puisque je ne suis pas capable de choisir, je prends le choix d'autruy et me tiens en l'assiette où Dieu m'a mis : autrement je ne me saurois garder de rouler sans cesse. »

écrire, Sénèque, où il trouve résumées les déclamations des stoïciens, et Plutarque, chargé des dé-
pouilles de toutes les écoles. Il leur fait à son tour
d'innombrables emprunts, qu'il réussit à s'approprier
en y mettant une extrême adresse. « J'entreprends,
dit-il, de m'égaler à mes larcins, non sans une téméraire espérance que je puisse tromper les yeux des
juges à les discerner; mais c'est par le bénéfice de
mon application. Je ne lutte point en gros (contre)
ces vieux champions-là : c'est par reprises menues et
légères atteintes. » Son grand regret est de ne pouvoir exprimer sa pensée avec la même vigueur; mais
sur ce point il ne se rend pas tout à fait justice : car
il parvient à force de talent à féconder le langage stérile de son époque, sans recourir, comme Rabelais, au
néologisme, et sans se contenter de l'élégance douce
et simple d'Amyot. Partout il offre une richesse
d'images, une vivacité d'allures, une vérité d'expression, qui permettraient de lui appliquer l'éloge qu'il
donne aux poëtes latins : « Quand je voy ces braves
formes de s'expliquer, si vives, si profondes, je ne
dis pas que c'est bien dire, je dis que c'est bien
penser. »

Mais si le style de Montaigne est attrayant, si la
puissance de son esprit frappe et captive, la froideur
de son âme répond au matérialisme de son système.
Ce n'est pas que sa morale soit tout d'une pièce, et
qu'il ne trouve jamais dans son cœur des sentiments
élevés. Nous le voyons respecter les liens de la famille,
et il a su autrefois chérir un ami (la Boëtie) dont il
conserve un souvenir tendre et pieux. Peut-être
même sa part des imperfections humaines serait-elle

assez légère, s'il les reconnaissait pour un mal : car cet égoïsme, cette mollesse, cette sensualité calme qui gouvernent sa vie ne le détournent pas violemment du devoir. Mais la quiétude avec laquelle il s'y abandonne le mène peu à peu à une sorte de dégradation intime. Rabelais se précipitait d'un seul bond dans l'écume du cynisme et en sortait de même. Montaigne va tout doucement à un déréglement un peu moins brutal, et quand il y est arrivé il y reste. L'honnêteté est ouvertement bravée dans quelques-uns de ses derniers chapitres, et il avoue qu'il irait plus loin encore s'il ne redoutait le blâme. « Je dis vray, s'écrie-t-il, non pas tout mon saoul, mais autant que je l'ose, et je l'ose un peu davantage en vieillissant. » Il se fait moins scrupule encore d'étaler l'excès de son égoïsme, dont il ne craint pas que le monde soit choqué, et il avoue avec une égale impudeur qu'il borne ses sympathies à ce qui intéresse son bien-être, ses affections à lui-même, et sa patrie à sa maison.

Cette immoralité naïve n'enleva rien à Montaigne de l'estime de ses contemporains ; elle ne l'empêcha même pas d'attirer à lui une belle et forte intelligence, qui sut mieux dégager l'esprit d'examen de tendances grossières. Ce fut Pierre Charron, qui d'avocat était devenu prêtre, et passait pour un des prédicateurs éloquents de cette époque. Il se lia d'une amitié intime avec l'auteur des *Essais*, auquel il survécut de quelques années, mais dont on ne peut guère le séparer comme penseur. Après un premier ouvrage, intitulé *les Trois Vérités*, où il se montra le défenseur fidèle et intelligent du christianisme et de l'Église, il écrivit en 1600 son fameux livre *de la Sagesse*, où le scepticisme est ramené à une certaine réserve d'opinion qui repousse les préjugés, sans refuser à la raison un empire légitime. C'est encore, dans une certaine mesure, la doctrine de Montaigne, mais mitigée par un détachement presque absolu des liens matériels, et surtout par les bornes mises au doute. Charron part, ainsi que son prédécesseur, du besoin que l'homme a de se connaître, et de la faiblesse de son esprit qui l'égare le plus souvent. Mais il veut arriver à un résultat positif, donner à la vie une règle et un soutien, établir la science morale sur des bases accessibles à toutes les intelligences, et cette tendance, opposée à celle des *Essais*, ne lui permet pas d'en suivre la marche irrégulière. Il procède donc avec le plus grand ordre, soumettant d'abord l'ensemble de chaque sujet à une division analytique, qu'il présente sous la forme de tableau, pour en parcourir ensuite méthodiquement tous les points. Cet enchaînement rigoureux le force à être précis et serré, et quelques parties de son livre offrent de la sécheresse; mais chaque fois qu'il développe sa pensée, elle devient vigoureuse et féconde. Il est vrai que son indépendance peut encore paraître excessive et qu'elle prêterait à la censure, si l'on ne consultait que certains passages détachés. Cependant la pureté de ses intentions n'a rien de douteux, quand on pénètre jusqu'à l'homme et qu'on fait la part de l'époque. Comme moraliste il a pris de Montaigne une grande foi dans les indications de la nature et tient pour suspect tout ce qui s'en écarte; mais en s'attachant à elle, il n'entend pas s'y asservir, et s'il va un peu loin dans sa

confiance, c'est une sorte de réaction contre la tendance opposée qui avait été portée à l'excès. En politique il suit à peu près les principes de Bodin, et il
est peut-être un peu plus favorable aux idées de
liberté. Son talent d'écrivain a moins d'éclat que de
nerf ; mais il est le premier qui ait su joindre la force
à la concision, et quelques-uns de ses portraits sont
de véritables chefs-d'œuvre. Peut-être enfin son livre
est-il surtout remarquable comme l'expression la plus
complète du mouvement d'opinions qui venait de
s'accomplir. Après les résistances violentes à toute
domination intellectuelle ou civile, la pensée publique revenait à l'ordre par la modération. Pierre
Charron, ce prêtre philosophe chez qui la sincérité
de la croyance s'allie à une sage liberté d'esprit, représente le rapprochement des idées qui paraissaient
naguère ennemies, et en lui semble poindre l'esprit
distinctif de l'âge suivant : le respect de l'autorité
sous le contrôle de l'intelligence.

APPENDICE.

N° 1. EXTRAITS DE MONTAIGNE.

Facilité avec laquelle l'esprit s'égare, et comment il arrive à quelque connaissance de la vérité.

Je vous conseille, en vos opinions et en vos discours, autant qu'en vos mœurs et en toute aultre chose, la modération et l'attempérance, et la fuite de la nouvelleté et de l'estrangeté : toutes les voyes extravagantes me faschent.

Epicurus disoit des loix, que les pires nous estoient si nécessaires, que sans elles les hommes s'entremangeroient les uns les aultres; et Platon vérifie que, sans loix, nous vivrions comme bestes. Nostre esprit est un outil vagabond, dangereux et téméraire; il est malaisé d'y ioindre l'ordre et la mesure : et de mon temps, ceulx qui ont quelque rare excellence au-dessus des aultres, et quelque vivacité extraordinaire, nous les veoyons quasi touts desbordez en licence d'opinions et de mœurs ; c'est miracle s'il s'en rencontre un rassis et sociable. On a raison de donner à l'esprit humain les barrières les plus contrainctes qu'on peult : en l'estude, comme au reste, il luy fault compter et reigler ses marches ; il luy fault tailler par art les limites de sa chasse. On le bride et le garotte de religions, de loix, de coustumes, de sciences, de préceptes, de peines et récompenses mortelles et immortelles ; encore voit-on que, par sa volubilité et dissolution, il eschappe à toutes ces liaisons : c'est un corps vain, qui n'a pas où estre saisy et assené ; un corps divers et difforme, auquel on ne peult asseoir nœud ni prinse. Certes, il est peu d'âmes si reiglées, si fortes et bien nées à qui on se puisse fier de leur propre conduite, et qui puissent, avecques modération et sans témérité, voguer en la liberté de leurs iugemens au delà des opinions communes : il est plus expédient de les mettre en tutelle. C'est un oultragieux glaive, à son possesseur mesme, que l'esprit, à qui ne sçait s'en armer ordonnéement et discrettement ; et n'y a point de beste à qui plus iustement il faille donner des orbières, pour tenir sa veue subiecte et contraincte devant ses pas, et la garder d'extravaguer ny çà ny là hors les ornières que l'usage et les loix luy tracent : parquoy il vous siéra mieulx de vous resserrer dans le train accoustumé, quel qu'il soit, que de jecter votre vol à cette licence effrénée...

Theophrastus disoit que l'humaine cognoissance, acheminée par les sens, pouvoit iuger des causes des choses iusques à une certaine mesure ; mais qu'estant arrivée aux causes extrêmes et premières, il falloit

2.   5

qu'elle s'arrestast, et qu'elle rebouchast, à raison ou de sa faiblesse, ou de la difficulté des choses. C'est une opinion moyenne et doulce, que nostre suffisance nous peult conduire iusques à la cognoissance d'aulcunes choses, et qu'elle a certaines mesures de puissance, oultre lesquelles c'est témérité de l'employer : cette opinion est plausible, et introduicte par gents de composition. Mais il est malaysé de donner bornes à nostre esprit ; il est curieux et avide, et n'a point occasion de s'arrester plus tost à mille pas qu'à cinquante : ayant essayé, par expérience, que ce à quoy l'un s'estoit failly, l'aultre y est arrivé, et que ce qui estoit incogneu à un siècle, le siècle suyvant l'a esclaircy, et que les sciences et les arts ne se jectent pas en moule, ains se forment et figurent peu à peu en les maniant et polissant à plusieurs fois, comme les ours façonnent leurs petits en les leichant à loisir ; ce que ma force ne peut descouvrir, ie ne laisse pas de le sonder et essayer ; et en retastant et pestrissant cette nouvelle matière, la rémuant et l'eschauffant, j'ouvre à celuy qui me suit quelque facilité pour en iouir à son ayse, et la luy rens plus souple et plus maniable.

Nº 2. EXTRAITS DE CHARRON.

Portrait du pédant.

Les pédans clabaudeurs, après avoir quêsté et pilloté avec grande estude et peine la science par les livres, en font monstre, et avec ostentation questueusement et

mercenairement la desgorgent et mettent au vent.
Y a-t-il gens au monde plus ineptes aux affaires, plus
impertinens à toutes choses, et ensemble plus présomptueux et plus opiniastrés? En toute langue et nation,
pédant, clerc, magister, sont mots de reproche : faire
sottement quelque chose, c'est le faire en clerc; ce sont
gens qui ont la mémoire pleine du sçavoir d'autruy et
n'ont rien de propre. Leur jugement, volonté, conscience n'en valent rien mieux ; malhabiles, peu sages,
et prudens, tellement qu'il semble que la science ne
serve que de les rendre plus sots, mais encore plus ar-
rogants, caquetteurs : ravallent leur esprit et abatar-
dissent leur entendement, mais enflent leur mémoire.

Portrait du superstitieux.

Le superstitieux ne laisse vivre en paix ny Dieu ny
les hommes ; il appréhende Dieu chagrin, despiteux,
difficile à contenter, facile à se courroucer, long à s'ap-
paiser, examinant nos actions à la façon humaine d'un
iuge bien séuère, espiant et nous guettant au pas, au
défilé; ce qu'il tesmoigne assés par ses façons de le servir qui sont tout de mesmes. Il tremble de pœur, il ne
peut bien se fier ny s'assurer, craignant n'avoir jamais
assés bien faict et avoir obmis quelque chose, pour laquelle obmission tout peut-estre ne vaudra rien.

CHAPITRE X.

LA RÉFORME DE MALHERBE.

L'âge de la renaissance avait ambitionné les plus hautes conquêtes de l'esprit humain : en philosophie, l'affranchissement de la raison; en littérature, la perfection du langage. L'une et l'autre tentative n'avaient obtenu qu'un résultat incomplet; la raison n'était arrivée qu'au scepticisme, la langue qu'à une abondance désordonnée. Ce qu'il y avait de réel et de durable dans les progrès accomplis était encore obscurci par ce qui s'y mêlait de confus et d'irrégulier. Ainsi, le premier besoin de l'intelligence, après les grands efforts de cette époque si mémorable, c'était moins de conquérir encore que d'épurer. La littérature obéit à cette nécessité impérieuse pendant la période de transition qui sépara le xvie siècle du xviie. Elle répara la langue, pour nous servir du terme de Boileau, et Malherbe, qui acheva cette glorieuse tâche, ouvrit à la poésie une ère nouvelle.

Les penseurs eurent peu de part à cette œuvre : c'était l'élaboration de la forme, et non celle des idées. Les poëtes même n'y apportèrent pas cet enthousiasme ardent et soutenu de Ronsard. Les guerres civiles avaient désenchanté les esprits, et les muses étaient stériles. C'est la passion politique qui inspire la plupart des versificateurs, et la satire devient leur chant favori. Mais en les parcourant, on est frappé de l'étroitesse du cercle où ils s'agitent. Le bon sens railleur des écrivains royalistes, comme Passerat et Durant, l'énergie sauvage du protestant d'Aubigné, rencontrent parfois des traits incisifs ou des accents vigoureux : aucune voix éclatante ne s'élève du côté de la Ligue, dont la cause, quoique longtemps populaire, n'eut que des chantres obscurs.

Jean Passerat, un des hommes les plus instruits de ce siècle d'érudition, et qui enseigna les lettres et l'éloquence avec une certaine célébrité, laissa plus de vers latins que de français; mais l'esprit qui brille dans ses chansons, et la grâce naïve de quelques autres pièces légères, les ont fait survivre à ses compositions plus savantes. On remarque de lui, dans la Sa-

5.

tire Ménippée, des couplets piquants sur la défaite
des ligueurs à Senlis.

> A chacun nature donne
> Des pieds pour le secourir ;
> Les pieds sauvent la personne,
> Il n'est que de bien courir.
>
> . . . .
>
> Il vaut mieux des pieds combattre
> En fendant l'air et le vent,
> Que se faire occire ou battre
> Pour n'avoir pris le devant.

Aux allures franches et négligées de la chanson
Passerat fait quelquefois succéder l'élégance moins
nue de la poésie. Il suit alors les traces de Ronsard, dont
il n'égale pourtant ni la richesse ni la chaleur ; en revanche, il sait plaire par un enjouement dont le secret
n'appartenait encore qu'à lui. Dans le petit conte de
la Métamorphose d'un homme en oiseau, qui est
son chef-d'œuvre, il se montre en quelque sorte le
précurseur de la Fontaine.

Plus jeune de vingt ans que Passerat [1], Gilles Durant parle la même langue, et n'a pas, à beaucoup
près, la pureté de son goût ; mais à côté de quelques
sonnets semés de *concetti*, on possède de lui des
chansons d'une facture souvent gracieuse, et une
sorte de satire assez spirituelle, intitulée : *Regret funèbre sur la mort d'un âne*. Deux ou trois traits assez
fins sur ce quadrupède ligueur *bourgeois de Paris*,
et qui n'en a pas voulu sortir, car il est du bon parti,

---

[1] Le premier de ces poëtes était né en 1534, le second en 1554.

ont fait la réputation de ce morceau, peut-être trop
vanté. Durant lui-même nous apprend qu'il ne faisait
pas grand cas de ses poésies.

> Pourtant je ne suis poëte :
> Si beau nom je ne souhaite !
> Aussi jamais je n'eus soin
> D'aller dormir sur Parnasse ;
> Tant de vers que je brouillasse
> Ne viennent pas de si loin !

Quant à d'Aubigné, qui nous est déjà connu, toujours rigide et violent comme son parti, mais inspiré
de cette fière indignation qui animait jadis le satirique latin, il tonne dans ses *Tragiques* (et jamais satires ne méritèrent mieux un pareil nom) contre les
vices de son siècle et les iniquités de la cour. Son fanatisme lui inspire çà et là des tirades éloquentes ;
mais sa manière d'écrire est toujours rude, âpre et
un peu forcée. S'il approche quelquefois du sublime,
il n'est jamais élégant ni gracieux. Les titres même
de ses satires indiquent leur violence ; il les appelle :
*Misères, Princes, la Chambre dorée, les Feux, les
Fers, Vengeances* et *Jugement.*

On peut glaner dans les *Tragiques* plus d'un passage d'une beauté mâle ; mais ce n'est point là qu'il
faut chercher les progrès de la versification et ceux
du langage. Des esprits plus doux et moins passionnés
poursuivaient dans un autre genre de poésies l'œuvre
d'art et de raffinements commencée par Ronsard.
C'étaient ses derniers disciples, Desportes, Bertaut et
Duperron, successeurs élégants des poëtes enthou-
siastes qu'avait réunis la Pléiade. Tous trois s'étaient

attachés à la cour et devaient à leur mérite littéraire
des situations brillantes ; mais peut-être les deux premiers payèrent-ils aussi tribut à l'esprit qui régnait
alors au Louvre, en se laissant aller à l'afféterie et au
mauvais goût des poëtes italiens.

L'imitation des sonnettistes est surtout évidente
chez Desportes, que Ronsard, dans sa vieillesse,
avait nommé le premier des poëtes français, et que
ses exagérations de tendresse firent comparer à Ti-
bulle. Écrivain gracieux quand il est simple, comme
dans la chanson, où il excelle, il porte dans ses sonnets
et dans quelques autres pièces recherchées une affectation qui les dépare. Il charge sa pensée de faux
brillants, sans lesquels on admirerait le poli de son
langage et la finesse de ses traits. On a remarqué
qu'il se trouvait si à l'aise sous cette parure d'emprunt, qu'elle lui paraît naturelle : mais il s'en dé-
pouille de temps en temps, et c'est alors qu'il justifie
la renommée dont il jouissait. Voici quelques-unes
de ses meilleures stances :

> Je vous rends grâce, ô déitez sacrées
> Des monts, des eaux, des forests et des prées,
> Qui me privez de pensers soucieux
> Et qui rendez ma volonté contente,
> Chassant bien loin la misérable attente
> Et les désirs des cœurs ambitieux !

> Si je ne loge en ces maisons dorées
> Au front superbe, aux voûtes peinturées
> D'azur, d'émail et de mille couleurs,
> Mon œil se paist des trésors de la plaine
> Riche d'œuillets, de lys, de marjolaine
> Et du beau teint des printanières fleurs.

> Dans les palais enflez de vaine pompe,
> L'ambition, la faveur qui nous trompe,
> Et les soucis logent communément ;
> Dedans nos champs se retirent les fées,
> Reines des bois à tresses décoiffées,
> Les jeux, l'amour et le contentement.

Il est malheureux que, pour obéir aux conventions poétiques, Desportes se croie obligé d'afficher partout le langage de la galanterie et de la passion. Sa verve s'évapore en soupirs imaginaires, et ses élans les plus vifs aboutissent d'ordinaire à quelque trait de madrigal. Qui ne s'attendrait, par exemple, à une plainte sérieuse, quand il s'écrie :

> Douce liberté désirée,
> Déesse, où t'es-tu retirée,
> Me laissant en captivité ?
> Hélas ! de moi tu te détourne,
> Retourne, ô liberté ! retourne ;
> Retourne, douce liberté !

Après ce cri, qui semble venir du cœur, c'est une étrange déception pour le lecteur de découvrir, dans les strophes suivantes, que le poëte n'en voulait venir qu'à « adorer, dévot et solitaire, l'œil qui l'a blessé. » Son génie, énervé par ces habitudes mesquines et puériles, ne sait plus se relever quand il aborde enfin des sujets qui demandent de la force. On en voit un triste exemple dans ses traductions de psaumes, dernier ouvrage du poëte à son déclin.

Les mêmes essais de poésie sacrée occupèrent, sans beaucoup plus de succès, la vieillesse de Bertaut, qui avait aussi consacré à des chants profanes ses belles

années. C'était un versificateur habile et un écrivain
dont la pensée avait quelquefois de l'élévation, mais à
qui manqua presque toujours le feu de l'inspiration.
Il a été accusé de faiblesse et de pesanteur : cependant il faut lui savoir gré de quelques beaux vers, et
dans le sonnet même, où il est, en général, très-inférieur à Desportes, il ne laisse pas que de rencontrer
des traits assez nobles. Nous citerons celui qu'il
adresse à Henri IV, après la pacification de la France.

Voir Alexandre assis dans le trône de Cyre,
Ne fut onques si doux à la grecque valeur,
Qu'il nous est de vous voir, après tant de douleur,
Assis dedans le vôtre au cœur de cet empire.

On croyait, et le ciel semblait nous le prédire,
Que vous y monteriez triomphant du malheur
Par des degrés sanglants et peints de la couleur
Dont un prince offensé teint les traits de son ire.

Mais Dieu vous a fait prendre un chemin plus heureux,
Montrant par votre exemple aux princes généreux
Qu'un roi de qui sa main soutient le diadème

Détruit par sa valeur ses plus fiers ennemis,
Et puis, quand il les voit à son pouvoir soumis,
Détruit par sa douceur leur inimitié même.

Desportes avait reçu de Henri III la riche abbaye
de Tiron; Bertaut devint évêque de Séez; Duperron
finit par obtenir le titre de grand aumônier et le chapeau de cardinal. Ce n'était pas seulement le mérite
littéraire et le dévouement au roi qui valaient à ce
dernier de si brillantes récompenses. Il avait eu la
principale part à la conversion de Henri IV et s'était

signalé par ses controverses contre les théologiens
protestants [1]. Célèbre alors comme orateur et presque autant comme diplomate, il n'a pas conservé, aux
yeux de la postérité, toute la supériorité que lui accor-
daient ses contemporains. Ses poésies, qui avaient
commencé sa réputation, se composent surtout de
traductions où il déploie plus de force et de correction qu'aucun autre des prédécesseurs de Malherbe.
On croirait reconnaître dans son style toujours clair
et ferme, dans ses vers aux formes nettes, le travail
d'épuration qui se préparait dans la langue et dans la
poésie. C'était comme la transition entre l'œuvre du
xvie et du xviie siècle.

Déjà, en effet, un goût plus sévère tendait à ramener les derniers représentants de l'école de Ronsard
dans une voie moins large peut-être, mais moins
aventureuse. Un *Art poétique*, composé sous Henri III,
prescrit aux écrivains de l'époque de

> ...N'oublier aucune chose
> De la grande douceur et de la pureté
> Que notre langue veut sans nulle obscurité,
> Et ne recevoir plus la jeunesse hardie
> A faire ainsi des mots nouveaux à l'étourdie,
> Amenant de Gascogne ou de Langue-d'ouy,
> D'Albigeois, de Provence, un langage inouï.

Ainsi l'abus d'une liberté sans règle et sans contrôle avait fait sentir le besoin d'une réforme qui
remît l'ordre, la mesure, la clarté même dans l'idiome
littéraire.

---

[1] Élevé lui-même dans le protestantisme, il en avait été tiré
par Desportes, qui fut son premier protecteur.

Vauquelin de la Fresnaye, qui donnait ce conseil
aux poëtes contemporains, s'efforçait de le suivre
lui-même, et mériterait d'être cité comme le plus
avancé de tous, si nous étions certains que ses principaux ouvrages, longtemps restés inédits, n'eussent
pas été retouchés et pour ainsi dire rajeunis par l'auteur à l'époque où il s'occupa enfin de leur publication (vers 1605). Il avait composé des idylles ou pastorales où les bergers portent, pour la première fois,
des noms grecs, et s'expriment avec une élégance
assez soutenue. Ses satires, qui ne parurent qu'après
sa mort (en 1615), sont d'un moraliste plus honnête
que mordant, mais dont le style unit à la correction
une sorte de limpidité. La langue du poëte approche
déjà de celle du xviie siècle, et si sa versification n'offre
pas encore des formes bien rigoureuses, elle semble
pourtant prendre déjà des allures plus régulières.

Mais la gloire d'imprimer à la poésie française un
nouveau caractère était réservée à Malherbe. C'était
un gentilhomme normand, né vers le même temps
que Bertaut et Duperron, quoique n'ayant commencé
à écrire qu'après eux. Sa première production connue
est une longue complainte sur le repentir de saint
Pierre, traduite de l'italien de Luigi Tansillo. Il la composa en 1587, à l'âge de trente-deux ans, et ne s'y montre
encore qu'un imitateur assez servile de la pompe, de
l'enflure et même du faux goût de son modèle. Il n'a
plus rien des molles inflexions et de l'élégance un
peu relâchée des poëtes précédents, bien qu'on le
voie s'accuser plus tard d'avoir autrefois *ronsardisé* [1];

---

[1] Sur trois cent quatre-vingt-seize vers que renferme son

mais son style est plus ambitieux que ferme, et il
adopte aveuglément les *concetti* puérils de l'école italienne, comme dans ce vers fameux :

> Ses soupirs se font vents qui les chênes combattent.

C'était pourtant par des tendances bien différentes
que Malherbe devait se distinguer, à l'âge où son
talent plus mûr prendrait enfin son véritable cachet.
On peut dire de lui qu'il sut le premier « fléchir la
poésie au joug de la raison. » Non content de régula-
riser la facture du vers, jusqu'alors un peu confuse à
force d'être libre, il voulut ramener la langue à son
génie propre que l'imitation et l'emprunt de formes
étrangères avaient presque fait méconnaître. Nul n'a
mieux caractérisé que Boileau le changement qu'il
introduisit dans la versification [1]. Malherbe, dit-il,

> Le premier en France
> Fit sentir dans les vers une juste cadence...
> Les strophes avec grâce apprirent à tomber,
> Et le vers sur le vers n'osa plus enjamber.

poëme, un seul rappelle la manière de Ronsard; c'est celui-ci,
qui est peut-être le meilleur :

> Trompés de l'inconstance à nos ans coutumière.

[1] M. Sainte-Beuve, qui a traité ce sujet avec sa supériorité
ordinaire, ramène à six points les réformes poétiques de Malherbe : 1° suppression des hiatus; 2° proscription des enjambe-
ments; 3° repos à la césure; 4° exactitude rigoureuse de la rime;
5° suppression des licences poétiques; 6° condamnation des in-
versions, des consonnances irrégulières, des cacophonies, etc.
Quant aux combinaisons lyriques, il n'en inventa aucune nouvelle, mais il adopta, sur la proposition de Maynard, le repos
après le troisième vers dans la stance de six, et après le quatrième et le septième dans la strophe de dix.

2.   4

Mais la réforme qu'il opéra dans le langage poétique mérite peut-être encore plus d'attention. Nous
avons vu toute l'école de Ronsard enrichir à l'envi le
vieux français de mots nouveaux, les uns tirés du latin
et du grec, les autres de l'idiome des diverses provinces ou du vocabulaire particulier de chaque pro-
fession. De cette abondance factice résultait le désordre et l'obscurité. Malherbe, tranchant dans le vif,
proscrivit brusquement toute expression qui ne serait
pas tirée du fonds commun de la langue, et voulut,
pour employer ses propres termes, que le poëte par-
lât « le français des ouvriers du port au foin. » C'était
une réaction, devenue peut-être nécessaire, mais un
peu violente, et ceux qui ont étudié la pensée du
réformateur dans les notes manuscrites sur les poëtes
de la Pléiade conviennent qu'il condamnait avec une
rudesse sauvage leurs richesses les plus précieuses et
leurs beautés les plus délicates. Cependant on ne peut
lui contester la gloire d'avoir appliqué avec un succès
légitime les règles qu'il osait adopter. Ses odes, d'un
style plus pur et plus ferme que tout ce qui avait été
écrit jusqu'alors en français, offrent tant d'éclat qu'à
peine le critique y remarque-t-il l'emploi systématique
d'expressions toujours naturelles, quelquefois familières. Nous citerons deux passages célèbres :

La mort a des rigueurs à nulle autre pareilles.
      On a beau la prier,
La cruelle qu'elle est *se bouche les oreilles*
      Et nous laisse *crier.*

Le pauvre, en sa cabane où le chaume le couvre,
      Est sujet à ses lois,

Et la garde qui veille aux barrières du Louvre
N'en défend pas nos rois.

(Ode à Duperrier.)

Tel qu'à vagues épandues
Marche un fleuve impérieux,
De qui les neiges fondues
Rendent le cours furieux :
Rien n'est sûr en son rivage ;
Ce qu'il trouve, il le ravage,
Et, traînant comme buissons
Les chênes et leurs racines,
Ote aux campagnes voisines
L'espérance des moissons.

Tel et plus épouvantable
S'en allait ce conquérant,
A son pouvoir indomptable
Sa colère mesurant.
Son front avait une audace
Telle que Mars en la Thrace,
Et les éclairs de ses yeux
Étaient comme d'un tonnerre
Qui gronde contre la terre,
Quand elle *a fâché* les cieux !...[1]

(Ode à Henri le Grand.)

La vigueur et la noblesse de la pensée se joignent
d'ordinaire, chez Malherbe, à la netteté du langage. Si
la sensibilité brille rarement dans ses vers, on peut l'at-
tribuer en partie à l'âge du poëte, qui ne se montre
à nous que dans l'été ou même dans l'automne de sa

---

[1] Les expressions familières se multiplient dans la suite de ce
morceau, comme : c'est *ne voir goutte*, qui sera *si ridicule*, le Pô
tenant baissé le menton.

vie. Nous ne le voyons guère, en effet, sortir de l'obscurité qu'à quarante-cinq ans. Une ode sur l'arrivée de
Marie de Médicis commença sa réputation (1600), et,
quelque temps après, la protection de Henri IV et
celle de la reine le fixèrent à Paris (1605). Il y passa
plus de vingt années sans que la vieillesse affaiblît son
talent. A la vérité, ses productions sont inégales, et
il s'en trouve où reparaît le faux goût italien de ses
premiers essais; mais sa belle ode à Louis XIII, composée à soixante et douze ans, est encore admirable de
force et de verve. Ses adversaires, car la nouveauté de
ses doctrines poétiques et la sévérité de ses jugements
lui en avaient suscité beaucoup, l'accusaient de stérilité. La postérité n'a point admis ce reproche :
l'homme qui enseignait le premier à polir avec un
soin scrupuleux les formes de la versification et les
détails du style avait le droit d'achever minutieuse-
ment chaque partie de ses ouvrages.

Une accusation plus sérieuse fut soulevée contre
Malherbe par le seul auteur contemporain qui pût
rivaliser avec lui : c'était Mathurin Regnier, neveu et
disciple de Desportes. Né avec le génie qui fait les
poètes, mais ayant en horreur toute règle et toute
contrainte, il vivait dans le désordre et n'écrivait
guère que sous l'influence soudaine de l'inspiration.
A l'imitation d'Horace, il savait esquisser dans ses
compositions satiriques des portraits vivants et se
mettre en scène dans ses propres tableaux. Son esprit
moins sage se laissait parfois entraîner à des allures
plus violentes ou plus cyniques : mais on ne saurait
lui refuser autant de naturel, d'enjouement, de verve
et même de grâce. Rien ne devait être plus anti-

pathique à cette nature ardente et libre que le joug
d'une réforme aussi sévère, aussi gênante, aussi inflexible. Il n'avait pas besoin pour la combattre de
s'y voir excité par l'injure de Desportes dont Malherbe
dépréciait ouvertement les ouvrages. Il se récria contre ce contrôle pédantesque qu'un esprit méthodique
prétendait exercer sur les créations du génie.
C'était la tyrannie de la forme qu'on imposait à la
pensée, la minutie de la règle qui venait arrêter l'essor de l'imagination. Aussi Regnier se posa-t-il en
défenseur des anciennes franchises de la poésie, et il
se surpassa lui-même dans la satire, où il attaqua les
novateurs dédaigneux dont

> Le savoir ne s'étend seulement
> Qu'à regratter un mot douteux au jugement,
> Prendre garde qu'un *qui* ne heurte une diphthongue,
> Épier si des vers la rime est brève ou longue,
> Ou bien si la voyelle, à l'autre s'unissant,
> Ne rend point à l'oreille un vers trop languissant,
> Et laissent sur le vert le noble de l'ouvrage.
> Nul aiguillon divin n'élève leur courage,
> Ils rampent bassement, faibles d'inventions,
> Et n'osent, peu hardis, tenter les fictions;
> Froids à l'imaginer : car s'ils font quelque chose,
> C'est proser de la rime et rimer de la prose...

Si Regnier eût vécu, l'influence de Malherbe aurait
pu être balancée : son jeune antagoniste l'emportait
sur lui non-seulement par la grâce et l'originalité,
mais encore par la richesse d'un style dont Boileau
signale avec raison les beautés neuves. Traducteur
admirable, il est le premier qui ait su rendre aux traits
qu'il reproduit la couleur et l'éclat des modèles anti-

4.

ques. Mais il s'éteignit à la fleur de l'âge et dans la
force de son talent, victime de sa conduite désordonnée (1613). La cause de la liberté poétique se trouva
sans défenseur, et ce fut la régularité qui triompha.

Cette réforme, que les critiques des derniers siècles regardaient tous comme salutaire à la poésie
française, a paru moins appréciée de nos jours, et l'on
a vu mettre en question si la législation de Malherbe
n'avait pas été plus nuisible qu'avantageuse. En examinant d'abord ses résultats au point de vue le plus
étroit, celui de la versification proprement dite, on ne
peut nier que la pompe du vers classique n'entraîne
avec elle une sorte de roideur. Peut-être donc le réformateur avait-il porté trop loin l'inflexible sévérité
de ses lois, et c'est avec raison que les poëtes de notre
temps ont cru devoir les adoucir. Mais la poésie
française n'en dut pas moins une nouvelle splendeur
au caractère qu'il lui avait imprimé, caractère majestueux et solennel qui la rendait à la fois plus noble,
plus ferme et plus éclatante. Gardons-nous donc d'oublier à quelle hauteur il l'a élevée, quelque modifica-
tion qu'elle puisse réclamer aujourd'hui pour revenir
à des allures plus naturelles, plus libres, plus gracieuses.

La rigueur que Malherbe introduisit dans le langage
poétique et littéraire n'a pas été moins différem-
ment jugée. Il sacrifia la richesse et la liberté de la
langue de Ronsard à la pureté, à l'ordre, à la justesse. Que le sacrifice fût grand, nous ne saurions le
méconnaître; qu'on puisse le regretter aujourd'hui,
nous le comprenons: mais tout porte à croire qu'il
était alors nécessaire. Remarquez, en effet, que rien

n'était encore net et fixe dans les idées de l'époque :
outre l'ignorance, la confusion des doctrines jetait
l'obscurité dans les esprits, et la langue elle-même se
ressentait de l'incertitude des notions qu'elle avait à
exprimer. Nous avons déjà vu que la philosophie s'é-
tait arrêtée au doute, que la science politique manquait de bases, que la liberté des mœurs touchait au
désordre, et la diversité des opinions à la violence.
Dans ce chaos où le temps n'avait pas encore porté la
lumière, une langue vague, indécise, sans bornes et
sans choix, eût été un obstacle de plus à l'éducation
des intelligences. Il fallait avant tout que la parole
devînt claire, nette, exacte, pour que la pensée prît
des formes justes. Ce que l'imagination perdit à la
réforme de Malherbe, la raison le gagna, et le progrès
de la raison était alors le plus impérieux des besoins.

L'influence que ce grand poëte exerça sur la langue
fut décisive. Ce fut par l'autorité de ses critiques,
encore plus que par l'exemple de ses ouvrages, qu'il
agit sur ses contemporains. Les auteurs suivants,
dont les plus fameux avaient été ses disciples, se sont
plu à peindre l'ardeur passionnée avec laquelle il se
livrait à la plus minutieuse analyse des questions
grammaticales. Son caractère brusque et sa parole
mordante, qui le faisaient redouter, ajoutaient à son
empire. Balzac, qui le désigne en raillant comme *le
tyran des mots et des syllabes*, reconnaît ailleurs
qu'il apprit à son siècle ce que c'était que d'écrire purement et avec scrupule [1]. Il s'était appliqué même à
la prose et avait traduit *les Bienfaits* de Sénèque et

---

[1] *Docuit quid esset purè et cum religione scribere.*

le trente-troisième livre de Tite-Live; mais le mérite
de ce travail n'est plus sensible aujourd'hui que pour
le petit nombre de lecteurs à qui les auteurs de l'époque sont familiers. Aux yeux de la postérité, sa
gloire n'avait pas besoin de titre, ni de la reconnaissance due aux services du grammairien; car c'est à
peine si ses poésies semblent avoir vieilli.

CHAPITRE XI.

LA POÉSIE APRÈS MALHERBE.

Malherbe avait créé la forme classique de la poésie; il eut des disciples qui la conservèrent, il n'en trouva point qui l'appliquassent à un fonds de pensées riche, à un ordre de sentiments élevé. De là l'oubli où sont tombés ceux qui l'entouraient.

Maynard, son contemporain et son admirateur, versifiait avec élégance et avec pureté. Mais la force lui manque, et à défaut d'élan il se laisse tomber dans une mélancolie plaintive qui laisse à peine entrevoir

quelques velléités de philosophie. L'idée de l'égalité
des hommes devant la mort, qui est son thème favori,
lui a inspiré quelques bons vers, comme les suivants :

> Que t'a servi de fléchir les genoux
> Devant un dieu fragile et fait d'un peu de boue,
> Qui souffre et qui vieillit, pour mourir comme nous ?...

> Le temps amènera la fin de toutes-choses,
> Et ce beau ciel, ce *lambris* azuré...
> Sera brûlé des feux dont il est éclairé.

Mais si Maynard s'élève quelquefois, il ne se soutient jamais. La chanson lui sied mieux que l'ode et
le sonnet. On est surpris de la vigueur d'accent avec
laquelle il célèbre son ardeur bachique :

> Il n'est point de roi sur la terre
> A qui je ne fasse un défi ;
> A la fierté de mon langage,
> Il semble que j'ai mis en cage
> Le Prestre-Jean et le Sophi !

Ses épigrammes ne manquent pas de finesse ; mais
il est rare qu'elles offrent de la force, si ce n'est quand
il attaque le plus violent et le plus vénal des auteurs
italiens (l'Arétin). L'indignation lui inspire alors ce
trait énergique :

> ... S'il n'a pas contre Dieu même
> Vomi quelque horrible blasphème,
> C'est qu'il ne le connaissait pas.

Plus jeune que Maynard de quelques années, Honorat du Bueil, marquis de Racan, fut son rival heureux. Son style est moins égal et moins soigné, mais il excelle dans l'art d'exprimer des sentiments délicats et des idées gracieuses ; sous ce rapport il surpassa Malherbe, dont il n'approche pas dans l'ode héroïque. On ne sait trop pourquoi Boileau lui a supposé le génie épique, en disant de lui :

> Racan pourrait chanter à défaut d'un Homère.

Sa vocation réelle était de « chanter Philis, les bergers et les bois, » tâche qui convenait au genre de son esprit et au goût de son époque. Son principal ouvrage est une suite de scènes pastorales, plutôt écrites pour la lecture que pour le théâtre, où cependant elles furent produites. Elles sont intitulées *bergeries*, et tiennent pour ainsi dire le milieu entre les idylles antiques et le fameux roman d'*Astrée*, dont nous parlerons bientôt. C'est là surtout qu'il déploie l'élégance et la douceur de son talent. Moins heureux dans ses odes, qui datent en général d'une époque plus avancée de sa vie, il a toute la froideur et la tristesse de Maynard, avec un peu plus de tendresse dans le cœur et de charme dans l'expression. Également nourri de la lecture des anciens, il sème aussi un peu de leur philosophie dans ses vers; mais il l'affaiblit en la délayant. C'est dans les détails du style que consiste sa supériorité : sous ce rapport il est souvent admirable, et il a des traits dont la Fontaine eût pu envier la vérité gracieuse.

Son morceau le plus estimé a pour sujet les dou-

ceurs de la retraite. Nous n'en citerons qu'une
stance :

> O bienheureux celui qui peut de sa mémoire
> Écarter pour jamais ce vain espoir de gloire
> Dont l'inutile soin traverse nos plaisirs,
> Et qui, loin retiré de la foule importune,
> Vivant dans sa maison, content de sa fortune,
> A selon son pouvoir mesuré ses désirs !

Sans égaler Racan, les autres versificateurs de la
même école affectèrent en général l'expression des
mêmes sentiments, et joignirent à l'intelligence des
formes poétiques, que leur avait donnée Malherbe, un
goût bien moins sévère. Le génie passionné des poëtes
castillans, l'éclat frivole mais éblouissant du bel
esprit italien, exerçaient alors sur la cour et sur la
société une influence qui devait être passagère, mais
que la mode rendait toute-puissante. Chez Racan
cette influence était balancée par une rare délicatesse
de goût et par l'étude des anciens. Elle perce davantage chez ceux qui viennent après lui, et dont les
moins obscurs sont Gombaut et Malleville. Le premier,
malheureux dans ses pastorales et dans ses tragédies,
a laissé quelques sonnets qui trouvaient grâce devant
Boileau, mais auxquels on pourrait souvent préférer
ses épigrammes. Le second, non moins inégal, réussit dans plus d'un genre. Parmi ses odes se trouvent
des Paraphrases, des Psaumes, qui ne manquent ni
de noblesse ni d'une certaine force, malgré les lon-
gueurs qu'on peut y signaler. Il s'élève encore plus
haut dans une élégie sur la captivité de Bassompierre,
son protecteur, mais non sans laisser percer dans

quelques vers une affectation de bel esprit que son
époque approuvait. Il s'abandonne encore davantage
à ce penchant dangereux dans ses poésies légères, et y
tombe souvent dans le maniéré. Rien de moins naturel, en effet, que le genre d'élégance qui distinguait
alors le style en faveur ; la galanterie surtout emprun-
tait à l'Italie et à l'Espagne un langage à la fois em-
phatique et subtil dont la fausse magnificence cachait
la stérilité de l'imagination. Un sonnet de Malleville
sur « la belle matineuse » fut considéré alors comme
le chef-d'œuvre du jour, et nous offrira l'exemple des
puérilités pompeuses qu'on prenait pour le triomphe
de l'esprit et de l'art.

> Le silence régnait sur la terre et sur l'onde,
> L'air devenait serein et l'Olympe vermeil,
> Et l'amoureux zéphyr, affranchi du sommeil,
> Ressuscitait les fleurs d'une haleine féconde :
>
> L'aurore déployait l'or de sa tresse blonde,
> Et semait de rubis le chemin du soleil ;
> Enfin ce dieu venait au plus grand appareil
> Qu'il soit jamais venu pour éclairer le monde.
>
> Quand la jeune Philis, au visage riant,
> Sortant de son palais plus clair que l'Orient,
> Fit voir une lumière et plus vive et plus belle.
>
> Sacré flambeau du jour, n'en soyez pas jaloux ;
> Vous parûtes alors aussi peu devant elle
> Que les feux de la nuit avaient fait devant vous.

Ce n'est pas seulement chez les poëtes qu'on voit
éclater, au commencement du xviie siècle, ce déréglement d'imagination qu'autorisait l'exemple des écri-

2.   5

vains étrangers. L'audace des figures semblait représenter la vivacité de l'esprit, surtout dans les sujets
qui comportaient un certain degré de passion. Un
ouvrage en prose, qui eut alors la plus grande célébrité, consacra pour ainsi dire toutes les hyperboles
d'expression et de sentiment de la littérature italienne
et espagnole. Ce fut l'*Astrée*, fiction romanesque où
figuraient de nobles et spirituelles bergères, recevant
sur les bords d'un ruisseau les hommages délicats de
jeunes paladins qui gardaient les moutons. D'Urfé, qui
composa cette idylle galante, en avait trouvé le modèle en espagnol dans la *Diane* de Montemayor, le
plus ancien comme le plus remarquable des romans
pastoraux. Les deux ouvrages sont conçus dans un
esprit de tendresse exagérée qui rappelle les raffinements des troubadours ; mais cette exagération
même les fit accueillir avec enthousiasme. La passion
y semblait purifiée par l'exaltation qui l'accompa-
gnait, et si d'Urfé, moins poête que Montemayor, ne
sut pas la chanter avec grâce dans les stances dont il
parsema son livre, en revanche il lui prêta l'élégance
de ton et la distinction de langage de la cour, où il
avait paru avec un certain éclat. La fable de son roman, quoique bizarre, était d'ailleurs assez vaste et
passablement ordonnée, les caractères esquissés avec
habileté, la longueur même du récit, qui se partage
en douze énormes livres, atténuée par la variété des
épisodes. L'*Astrée* devint pour la bonne société de
cette époque ce qu'avait été pour celle du xive siècle
le *Roman de la Rose :* seulement le noble auteur de
l'ouvrage moderne, qui ne se piquait de profondeur
qu'en galanterie, n'aborde jamais les questions philo-

sophiques si audacieusement discutées par maître
Guillaume de Lorris.

La littérature française paraissait donc subir, à la
fois dans ses formes et dans ses tendances, la double
action du goût et du génie méridional, et cette action
s'annonçait comme funeste, puisqu'elle ne s'exerçait
point jusque-là dans le sens de la raison et de la vérité. Mais l'emphase espagnole éveillait le sentiment
de la grandeur, l'affectation italienne celui de la délicatesse, et les fictions du roman répondaient sous
quelques rapports à ce besoin de l'idéal qui est un des
nobles instincts de l'âme. Ainsi se préparaient, mais
par un mouvement jusque-là indécis, les progrès qui
devaient signaler le grand siècle.

Pour la vieille école de Ronsard et de Regnier, elle
s'éteignait vaincue. Elle pouvait cependant citer encore Théophile Viaud, ou plus simplement Théophile
(car on ne le désigne d'ordinaire que par ce nom), un
des poëtes les plus goûtés de l'époque, dont le vers
conservait des allures libres et la pensée des formes
vives. Esprit ingénieux, ardent, facile, mais homme
de plaisir plutôt que d'étude, il ne s'astreignait point
à la correction rigoureuse, à la régularité soutenue
qu'exigeait le réformateur. Cependant il se soutint
avec une sorte d'éclat en face de l'école nouvelle, et
montra souvent une qualité qui manquait à la plupart
des disciples de Malherbe, l'inspiration. Elle fait le
charme de ses petites pièces, dont les meilleures sont
rassemblées sous le nom assez peu exact d'Élégies.
Malheureusement la morale de Théophile a encore
moins de sévérité que sa manière, et il en fut plus
tard la victime. Soupçonné d'être l'auteur d'une pu-

blication scandaleuse, il ne sortit de l'exil et de la
captivité que pour mourir, à trente-six ans, des sui-
tes de ses infortunes avant que son talent eût pu tenir
toutes ses promesses.

Dans son indépendance, il avait conservé assez de
franchise pour rendre justice même à la réforme qu'il
ne voulait pas subir :

> Imite qui voudra les merveilles d'autrui,
> Malherbe a très-bien fait, mais il a fait par lui.
> Mille petits voleurs l'écorchent tout en vie ;
> Quant à moi, ces larcins ne me font point d'envie,
> J'approuve que chacun écrive à sa façon :
> J'aime sa renommée et non point sa leçon !

Malgré ses négligences, il était estimé de ses contemporains, et de nos jours encore, on a loué dans
ses poésies légères la richesse du coloris, dans ses
lettres la vigueur du style. Mais la facilité de sa muse
ne lui permettait pas de prendre un essor très-élevé.
Aussi ne dut-il qu'à la barbarie du théâtre de cette
époque le succès qu'y obtint, en 1618, sa tragédie
de *Pyrame et Thisbé*, œuvre des plus médiocres dont
il n'est resté que ce jeu de mots ridicule :

> Le voilà ce poignard, qui du sang de son maître
> S'est souillé lâchement : il en rougit le traître !

Au-dessous de Théophile, vient encore se placer
dans le même groupe Saint-Amand, auteur inégal et
négligé qui tombe fréquemment dans la violence et
dans le cynisme. Boileau lui trouvait assez de génie

pour les ouvrages de débauche et de satire outrée;
mais son nom n'est plus guère connu que par les critiques de ce législateur du Parnasse sur son *Moïse*,
un des essais épiques les plus malheureux de l'é-
poque.

Une foule d'écrivains, aujourd'hui oubliés, parta-
geaient avec ceux que nous venons de nommer les
suffrages incertains d'une époque qui n'était encore
entraînée vers le progrès littéraire que par un sentiment confus, plutôt que par une tendance fixe.
Nous ne pouvons nous arrêter à l'énumération de
leurs ouvrages obscurs et presque toujours frivoles;
mais nous emprunterons à un auteur contemporain
(M. Nisard) l'esquisse générale du genre de productions qui était alors le plus fréquent :

« Le langage du temps divisait les ouvrages en
vers en deux genres : le *galant* et le *soutenu*. Le
soutenu comprenait les pièces de théâtre, les poëmes
descriptifs, les épopées, fort communes alors. Le
galant s'entendait surtout de ces vers à Iris, badinage
imité de l'Italie, dont ni quelques vers gracieux de
Charles d'Orléans, ni l'esprit de Marot, ni ce que
Malherbe y mit quelquefois de son grand style, ni la
faveur de Henri IV, de Richelieu et de Louis XIV,
n'ont pu faire un genre durable. C'est le détail de
tous ces Amours que Sarrazin, dans une pièce co-
quette, fait assister, sous la forme de personnages,
aux funérailles de Voltaire. On y voyait, dit-il,

> Les amours d'obligation,
> Les amours d'inclination,
> Quantité d'amours idolâtres,
> Une troupe d'amours folâtres,

5.

Force Cupidons insensés,
Des Cupidons intéressés ;
De petits amours à fleurettes,
D'autres petites amourettes ;
Mêmement de vieilles amours
Qui ne laissent pas d'avoir cours
En dépit des amours nouvelles...

Et bref, tant d'amours qu'à vrai dire
On ne pourroit pas les décrire.
Comme l'on voit les étourneaux
Tournoyant aux rives des eaux,
Lorsque la première froidure
Commence à ternir la verdure,
Leur nombre, qui surprend les yeux,
Noircit l'air et couvre les cieux;
Tels, ou plus épais, ce me semble,
Se pressant, cheminoient ensemble
Tous les amours de l'univers [1].

« Le *galant* comprenait encore toutes ces pièces
plus que libres, héritage de nos anciens poëtes,
moins excusables à mesure que les mœurs se perfec-
tionnaient, et qui ne pouvaient d'ailleurs recevoir ce
degré de beauté qui fait vivre les ouvrages d'esprit.
Les petites pièces courtisanesques rentraient aussi
dans ce genre; c'étaient des billets en vers, des de-
mandes de faveurs ou des remercîments, les quit-
tances rimées des gages que certains poëtes rece-
vaient des grands seigneurs à titre de domestiques,
redevance de flatterie qu'ils payaient à l'échéance de
chaque quartier; c'était enfin tout le langage de la
civilité d'alors, embelli, affadi, enchâssé dans une

---

[1] *La pompe funèbre de Voiture.*

brodure de vaines métaphores, auxquelles le mauvais goût du temps donnait un prix de convention [1]. »

Dans le genre *soutenu*, la tragédie ne jouissait pas
encore de l'éclat et de la renommée que devait lui
donner Corneille. En revanche, l'ambition des poëtes
de cette époque se dirigea souvent vers l'épopée. L'extrême difficulté d'une pareille entreprise, à laquelle
si peu de génies ont eu la gloire de réussir, même
imparfaitement, aurait dû suffire pour en détourner
non-seulement les esprits légers, mais encore les talents froids et médiocres. Cependant les tentatives épiques se multiplièrent bientôt, et il faut sans doute en
chercher la cause dans la puissance à laquelle étaient
parvenus le langage et le mécanisme de la poésie. On
faisait de meilleurs vers qu'autrefois et on comprenait
qu'ils auraient pu exprimer des idées plus grandes.
Mais la pensée poétique ne s'était pas encore aussi
développée que le talent de la versification : car les
compositions lyriques, et surtout l'ode, qui semble
offrir aux élans d'une jeune littérature leur expression la plus naturelle, n'atteignaient guère qu'à une
certaine beauté de forme, sans briller par la force de
la peinture ou du sentiment. Elles représentaient les
passions tendres, les idées douces, quelquefois les
faits remarquables, mais ne s'élevaient point jusqu'aux images héroïques, et ne faisaient point reten-
tir les grands noms de patrie et d'honneur. On éprouvait donc le besoin d'un ordre de créations plus élevé,
et quelques poëtes le cherchèrent dans l'épopée.

[1] Nisard, *Histoire de la Littérature française*, t. II, p. 298.

Toutefois il est assez douteux qu'ils comprissent
bien la grandeur de l'œuvre qu'ils voulaient accomplir.

Les critiques définissent le poëme épique « le récit
en vers d'une grande action ; » mais ces termes vagues
ne déterminent pas les véritables caractères de ce
poëme par excellence, dont il n'existe qu'un très-
petit nombre de modèles. Il suffira de rappeler ici
que la force de l'intérêt devant être proportionnée à
la longueur de la narration et au ton élevé que prend
le poëte, une épopée n'est possible qu'à condition
qu'elle inspire l'enthousiasme. Ce n'est pas assez
qu'elle charme quelquefois, qu'elle émeuve par inter-
valles ; il faut que la grandeur des images domine et
captive constamment le lecteur. Pour remplir cette
condition suprême, la fiction seule serait impuissante
quand elle n'a pas à nous ouvrir tout un monde poétique où nous soyons entraînés avec elle. C'est ainsi
que l'*Iliade* nous reporte au sein de la Grèce héroïque,
dont elle reproduit pour nous les types perdus. Les
autres poëmes qu'on peut citer après celui-là doivent
leur splendeur à l'emploi d'éléments analogues. Chez
les modernes, le Tasse et Milton franchirent avec
succès les limites rigoureuses de la réalité pour pénétrer, l'un dans les régions les plus romanesques de
la chevalerie, l'autre dans les profondeurs de l'abîme.
Tous deux, en commandant l'admiration par le charme
ou par la fierté de leur poésie, fondèrent cependant
l'intérêt de leurs tableaux sur le prestige des grandes
figures qu'ils empruntaient à la tradition historique ou
à la croyance religieuse. Mais tirer de son imagination
des caractères nouveaux, et créer en même temps

l'espace où ils se meuvent, est une tâche qu'aucun poëte ne semble avoir remplie avec assez d'éclat pour obtenir les suffrages de la postérité.

Les auteurs qui, au XVIIᵉ siècle, voulurent doter la France de poëmes épiques ne s'occupèrent nullement de demander à l'histoire les types et la couleur d'une époque ou d'une race. Ils ne profitèrent point des richesses de la tradition, des documents de la science, des fictions de la poésie populaire. Empruntant aux historiens un fait à part, avec quelques données générales sur la scène où il se trouvait placé, ils crurent n'avoir plus rien à faire que de broder ce canevas avec plus ou moins d'art, de hardiesse et de fierté. Aujourd'hui que les annales des peuples ont été moins superficiellement étudiées, nous nous sentons choqués de la fausseté historique de leurs peintures. Si de leur temps on pouvait en être moins frappé, la maigreur de ces fictions sans corps et sans base devait bientôt lasser l'imagination. Ce n'étaient que des romans en vers, dont on aurait pu dire comme des romans en prose :

> Tout a l'humeur gasconne en un auteur gascon,
> Calprenède et Juba parlent du même ton.

Le plus remarquable de ces poëmes est le *Saint Louis en Égypte* du père Lemoine; et si Boileau ne l'a cité nulle part, c'est qu'il y reconnaissait assez de beautés pour en racheter les défauts. La fable en est confuse et les caractères médiocrement tracés; mais il s'y trouve des peintures vigoureuses, où l'auteur déploie une richesse d'imagination portée quelquefois

jusqu'à l'excès. Comme versificateur, on peut lui reprocher l'audace et l'exagération habituelles de ses
figures, le goût des expressions forcées et des tour-
nures brusques, et une certaine dureté qui fatigue
l'oreille; mais il faut aussi lui tenir compte de la
grandeur et de la fierté d'une foule de traits prodigués dans ses meilleurs tableaux.

Scudéry, poëte aussi fécond que vaillant homme
de guerre, mais dont la vanité surpassait encore la
bravoure et la verve, choisit pour héros d'une épopée
le Visigoth Alaric, et vers la même époque, Desmarets de Saint-Sorlin faisait le même honneur au
Franc Clovis. Ces deux auteurs avaient obtenu des
succès au théâtre : leurs poëmes pèchent par la
stérilité du fond plutôt que par la faiblesse de la
forme, et l'on est surpris d'y trouver des passages
dignes d'éloge, malgré le mépris où ils ne tardèrent
pas à tomber.

Bientôt après, la France crut enfin posséder un
poëte épique : Jeanne d'Arc devait être son héroïne,
et pendant les trente ans qu'il poursuivit son œuvre
en silence, l'opinion lui assigna d'avance le premier
rang. Ce génie si lent à se révéler, c'était Chapelain,
personnage dont le rôle littéraire eut quelque importance. Né en 1595, il fit preuve d'assez bonne heure
d'une certaine érudition littéraire, en attachant une
préface raisonnée à un poëme italien (l'*Adonis* de Ma-
rini). Une ode, que vers l'âge de quarante ans il adressa
au cardinal de Richelieu, nous montre chez lui un talent de versification dont il n'avait pas encore donné de
preuve. Il n'en était pas moins dès lors le membre le
plus influent de l'Académie, qui venait de se former

sous les auspices de ce ministre, ses connaissances lui tenant lieu d'autres titres, et son poëme à venir d'ouvrages déjà publiés. La considération dont il jouissait alors se prolongea pendant l'époque suivante, et ce fut lui que Colbert chargea de désigner à la munificence de Louis XIV l'élite des littérateurs et des savants. Sur la foi de sa réputation, le public accueillit avec avidité sa *Pucelle*, lorsqu'il en laissa enfin paraître une partie, et quoique inachevée, elle eut en peu de temps plusieurs éditions. Cependant cette erreur de l'opinion ne devait pas être de longue durée, et la réaction fut aussi violente que l'engouement avait été général. Ceux qui ne connaissent Chapelain que par le décri où son poëme finit par tomber seraient portés à croire que cet arbitre officiel de la littérature n'était que le plus médiocre des académiciens et des littérateurs.

Il n'en est pas tout à fait ainsi. *La Pucelle* est un poëme froid et languissant, mais dont la versification inégale offre quelquefois des passages d'une assez grande élévation. On y cite même un morceau sublime que Voltaire n'a pu effacer en l'imitant : c'est la peinture de la majesté divine.

Loin des murs flamboyants qui renferment le monde,
Dans le centre caché d'une clarté profonde,
Dieu repose en lui-même, et vêtu de splendeur,
Sans bornes, est rempli de sa propre grandeur.
Une triple personne en une seule essence,
Le suprême pouvoir, la suprême science
Et le suprême amour, unis en trinité,
Dans son règne éternel forment sa majesté...
Sous son trône étoilé, patriarches, prophètes,
Apôtres, confesseurs, vierges, anachorètes,

Et ceux qui par leur sang ont cimenté la foi,
L'adorent à genoux, saint peuple du saint roi...
De son être incréé tout est la créature,
Il voit rouler sous lui l'ordre de la nature,
Des éléments divers est l'unique lien,
Le père de la vie et la source du bien.

Chapelain n'était donc pas incapable de faire des
vers excellents ; mais en lisant son poëme, on voit
que le travail seul produisait chez lui la découverte
des idées et l'assortiment des expressions. Ce vieux
littérateur, qui consacrait à la création d'une épopée les restes d'un talent stérile et d'une imagination froide, n'avait compris de la poésie que la forme
extérieure et les règles écrites. Au lieu du rôle de
critique, le seul qui pût convenir à son esprit lourd
et pédantesque, il usurpait celui de poëte, sans s'aper-
cevoir que la science et le raisonnement ne suffisent
pas pour donner l'inspiration.

Il ne devait rien rester de tous ces essais épiques :
cependant on peut y rattacher un ouvrage dont les
beautés offraient plus d'éclat et ont laissé plus de
souvenir : c'est la traduction de la *Pharsale* par Brébeuf. Ce poëte avait les qualités et les défauts de Lucain son modèle : il tombe comme lui dans l'enflure et
dans l'exagération, mais il est plein de verve et rencontre des traits mâles, brûlants, sublimes. Il existe
quelque rapport entre son vers et celui de Corneille,
dont les chefs-d'œuvre ne dataient encore que de peu
d'années ; toutefois, le génie vigoureux du poëte tragique semble faire plier sous les lois du bon sens et
du goût jusqu'aux hyperboles les plus exagérées des
auteurs qu'il imite, tandis que Brébeuf est entraîné

dans le sillon de Lucain et des Espagnols modernes. C'est là son défaut, et il le porte si loin qu'on le retrouve également dans quelques pièces joyeuses et burlesques où il plaisante sans mesure et raille d'un ton forcé.

C'était donc un autre genre de création qui devait donner à la poésie française son caractère le plus noble et son éclat le plus glorieux. L'épopée restée stérile fit place à la tragédie.

CHAPITRE XII.

LA TRAGÉDIE JUSQU'AU CID.

Décadence de la tragédie après Garnier. — Genre espagnol. — Tragi-comédie d'Alexandre Hardy. — Retour au genre classique. — La *Sophonisbe* de Mairet. — Les règles d'Aristote sont adoptées par Richelieu et par les académiciens. — Leur action sur l'état de l'art. — La *Mariamne* de Tristan l'Ermite. — *Le Cid*. — Examen de cette tragédie. — Enthousiasme qu'elle excita. — Son influence. — Critiques de quelques littérateurs et sentiments de l'Académie française.

Nous avons vu le drame antique reparaître affaibli et méconnaissable, mais non transformé, sur la scène que lui ouvrait l'école de Ronsard. Après Garnier, qui avait fait un puissant effort pour lui rendre sa vigueur, il retomba dans la même faiblesse ; seulement il se manifestait chez les auteurs obscurs de cette époque une certaine disposition à modifier le

vieux cadre grec et latin. La *Cammate* de Jean de
Hays n'a pas moins de sept actes, et Pierre de Laudun
rejette les unités de temps et de lieu. On voit aussi
la tragédie s'associer parfois aux anciens mystères,
ou se charger d'accessoires comiques, et l'altération
devient sensible dans le ton du drame comme dans
sa forme. C'est ainsi qu'un chœur d'écoliers introduit
par Billard dans *la Mort de Henri IV* vient chanter
crûment ses doléances enfantines :

> Je ne puis mettre dans ma tête
> Ce méchant latin étranger
> Qui met mes fesses en danger [1].

Cette décadence du genre classique tel qu'on le
comprenait alors devait amener la ruine ou le renou-
vellement de l'art. Pendant quelque temps il parut
tendre à changer de caractère et à se modeler sur le
drame espagnol. Là, en effet, le théâtre, déjà dans sa
splendeur, offrait des créations plus neuves, plus vives, plus grandes. C'était une mine féconde que tout
conduisait à exploiter, puisque déjà les idées castil-
lanes étaient en faveur. Alexandre Hardy en fit l'essai.
C'était le poëte à gages d'une troupe de comédiens
établie à Paris, pour laquelle il n'écrivit pas moins de
huit cents pièces de diverse nature. Quelques-unes
sont intitulées tragédies et ne s'écartent pas beaucoup
de la manière de Garnier. Il y supprime ordinairement les chœurs, et donne à l'action un peu plus
d'étendue, mais sans lui faire jamais franchir de grands

---

[1] Tous ces détails sont empruntés à M. Sainte-Beuve.

espaces de temps ou de lieu. Ce qu'il emprunte au
théâtre espagnol, ce sont des tragi-comédies, dont les
personnages n'ont ni la majesté du rang ni la réalité
de l'histoire. Plus à l'aise sur ce terrain, il y prend
toutes les libertés que demande l'audace de la fiction,
et crée des drames romantiques dans l'acception la
plus étendue de ce mot. La négligence de leur versification, tour à tour plate et boursouflée, s'explique suffisamment par la rapidité avec laquelle ils
étaient écrits ; Hardy composait environ vingt-cinq
pièces par an, et leur valeur littéraire était ce qui le
préoccupait le moins. A l'opposé des auteurs précédents, qui négligeaient l'intérêt dramatique pour ne
s'attacher qu'à la poésie de la pensée et de l'expression, il faisait du style l'accessoire et de l'action l'élément principal. La masse des spectateurs, médiocrement lettrée, se laissait captiver par la variété, le
mouvement et quelquefois l'appareil de la scène,
surtout par le caractère romanesque de la fable, ordinairement pleine d'aventures et de passions. « C'étaient,
dit plus tard une des actrices de la troupe, des pièces
faites en une nuit, pour trois écus : on y était accoutumé et nous gagnions beaucoup. »

De 1600 à 1629, Hardy resta en possession de la
scène. Quelques auteurs, plus dignes du nom de
poëtes, partagèrent ses triomphes ; aucun ne l'éclipsa
avant Mairet, dont la *Sophonisbe* marqua, pour ainsi
dire, l'avénement de la tragédie régulière. C'était encore un jeune homme qui venait renouveler l'art. Il
avait à peine vingt-cinq ans, et devait déjà une célébrité
précoce au succès éclatant de sa *Sylvie*, pièce romanesque écrite dans le goût italien. *Sophonisbe*, jouée

en 1629, fut accueillie avec enthousiasme et se soutint longtemps au théâtre. La fable en était empruntée au Trissin, et le style empreint du goût de l'époque : mais, à travers une foule de taches et de défauts, le drame marchait avec une certaine pompe vers un dénoûment que Voltaire appelle admirable.

Le vice radical du sujet a été indiqué par Mairet lui-même : toute l'histoire d'une passion s'y trouve resserrée dans le cercle de quelques heures.

> Sophonisbe, en un jour, voit, aime et se marie.

Mais si la raison et la morale même sont quelquefois blessées de la rapidité de pareils entraînements, ils ont cependant l'avantage d'animer le drame, trop souvent vide et froid quand l'action procède logiquement et avec une lenteur qui en affaiblit l'intérêt. La *Sophonisbe* de Mairet, avec tous ses défauts, produisit plus d'effet qu'aucun des ouvrages contemporains jusqu'au *Cid* (1636), et l'auteur lui-même n'atteignit plus, dans la suite, au même succès, bien qu'on trouve plus de sagesse et de correction dans une autre de ses tragédies, *le Grand Soliman*.

L'exemple que venait de donner Mairet fut suivi par les auteurs qui entraient alors dans la carrière. C'était l'époque où le cardinal de Richelieu dominait la littérature comme l'État. Il venait de fonder l'Académie, et prit sous sa protection le théâtre qu'il voulait ennoblir. Il fit choix, dans ce dessein, de cinq poëtes pour travailler, sous ses auspices, à des pièces dont il donnait ou corrigeait quelquefois le plan, et qu'il fit représenter avec un grand éclat. Leur succès

6.

ne répondit point à son attente, et il vit même échouer
complétement celle à laquelle il semble avoir le plus
contribué, la *Mirame* de Desmarets. Mais ce génie
impérieux et opiniâtre s'en prenait au mauvais goût
du public qu'il prétendait épurer. Les gens de lettres
qui avaient part à sa confiance l'entretenaient dans
ses idées. S'ils n'avaient pas réussi à faire goûter au
public leurs propres compositions, ils signalèrent du
moins les incorrections des autres. Soutenus par l'autorité du ministre, ils cherchèrent à repousser du
théâtre tout autre système dramatique que celui des
Grecs, et proclamèrent de nouveau les lois d'Aristote,
à l'exception seulement de ce qui concernait le
chœur.

Ç'a été longtemps une des gloires de la littérature
française à ses propres yeux que cette fidélité aux
règles antiques. Les critiques du dernier siècle répé-
taient avec Boileau :

> …Nous que la raison à ses règles engage,
> Nous voulons qu'avec art l'action se ménage,
> Qu'en un lieu, qu'en un jour un seul fait accompli
> Tienne jusqu'à la fin le théâtre rempli.

Mais on en juge autrement aujourd'hui. Si l'unité de
temps et de lieu est un avantage quand le sujet s'y
prête, si en resserrant l'action du drame on lui donne
plus d'ensemble et de liaison, il faut cependant reconnaître que la plupart des sujets ne peuvent guère se
réduire ainsi à des limites étroites. L'exemple de Shakspeare a fait voir que le cadre d'une même pièce
peut embrasser l'histoire d'une passion tout entière,

depuis son premier germe jusqu'à son développement et à son expiation. De pareils tableaux, quelque
effort de génie qu'ils supposent, laissent au poëte la
liberté de sa pensée et de son inspiration ; mais
quand l'espace lui manque pour compléter son œuvre,
il perd de sa force en même temps que de son essor.
Aussi les auteurs de notre temps s'affranchissent-ils
presque tous de ces unités accessoires, quand elles
pourraient affaiblir le sens moral ou l'effet dramatique de leurs ouvrages.

Nous n'oserions donc affirmer que Richelieu et les
académiciens qui ramenèrent la tragédie à la forme
classique lui aient bien assigné son caractère normal.
Là, comme dans la réforme poétique de Malherbe,
le but fut peut-être dépassé du premier effort,
et il restait à notre époque une sorte de réaction à
exercer en faveur de la richesse, de la liberté, de
l'ampleur de la poésie et du drame. Mais avec la régularité, même portée trop loin, naquit le sentiment
de cette beauté pure et sage dont les anciens offraient
le modèle. Bannir du théâtre la liberté de la fiction
avec tous ses prestiges, c'était imposer un caractère
grave, une vérité profonde, une grandeur soutenue
aux images immobiles qui devaient captiver l'intérêt
par leur perfection seule. On vit donc succéder au
désordre des créations précédentes une juste sévérité d'imagination et de langage qui vint ennoblir
l'art lui-même par le perfectionnement de toutes ses
parties.

Aussi le progrès fut-il presque général à partir de
ce moment. Du Ryer et Scudéry, l'un d'une correction un peu froide, l'autre d'une ardeur impétueuse

et sans frein, dépassèrent de beaucoup Hardy. Rotrou, qui devait à son tour les effacer, se montra leur
égal dans ses premiers ouvrages. La *Mariamne* de
Tristan l'Ermite, supérieure à la *Sophonisbe* de
Mairet, excita le même enthousiasme (1637). L'auteur
avait su y répandre des mouvements dramatiques et
un intérêt puissant; il avait même habilement tracé
le caractère de l'héroïne; mais il manquait de style
et de goût, défaut que nous sentons plus vivement
aujourd'hui et qui gâte pour nous son ouvrage. On
est tenté de sourire de la colère d'Hérode quand on
l'entend se plaindre d'un attentat

> Formé contre *sa tête et le corps* de l'État.

Cependant de pareils *concetti* ne blessaient point
encore les spectateurs. Il fallait qu'un grand poëte
vînt leur offrir des modèles plus purs et plus parfaits,
avant qu'ils pussent comprendre combien ce langage
était au-dessous du ton de la tragédie. Heureusement
Corneille parut.

C'était le plus jeune des auteurs sur qui le cardinal
avait jeté les yeux pour travailler sous lui. Né à
Rouen en 1604, il s'était d'abord destiné au barreau;
mais le succès d'une comédie qu'une aventure per-
sonnelle lui inspira lui fit adopter la carrière dramatique. Ce fut au genre comique qu'il s'adonna pendant les premières années, et nous reviendrons
ailleurs sur ces essais médiocres. Sa première tragédie fut jouée en 1634; c'est *Médée*, qu'il avait imitée
de Sénèque et où son génie ne perce encore que par
de rares éclairs. Le goût de l'enflure et de la déclama-

tion, qu'il racheta plus tard par une énergie sévère
et une grandeur sublime, déparait les passages où il
avait déployé le plus de force. Comme œuvre poétique, *Médée* a le cachet de l'époque : *le Cid* en est à
une distance infinie.

Ce chef-d'œuvre, qui éleva tout d'un coup la tragédie française à une si grande hauteur, parut en 1636.
Le sujet en était emprunté au théâtre espagnol, où
l'avaient traité avec succès deux poëtes d'un talent
remarquable, Diamante et Guillem de Castro. Mais
il devait offrir une extrême difficulté sur la scène
française, qui n'admettait déjà plus des actions de
longue durée. En effet, l'événement historique qu'il
retrace n'est point de ceux qui peuvent s'accomplir
en peu de temps. Un jeune guerrier tue en duel le
chef d'une maison puissante : la fille du mort demande
vengeance, et une guerre privée fait couler pendant
quatre ans le sang de ces races nobles qui sont nécessaires à la défense du pays. Le roi intervient pour
les apaiser, et comme la réconciliation ne peut être
durable si l'inimitié subsiste dans les cœurs, on étouffe
le souvenir de l'offense et la diversité des intérêts
par le mariage de ceux qui se trouvent à la tête des
deux familles. Ce cycle, si nous pouvons l'appeler
ainsi, n'a rien que de régulier dans les idées du
moyen âge : cependant la loi de la nature est sacrifiée
à l'intérêt féodal, puisque la fille du mort consent à
devenir l'épouse de l'homme qui a tué son père. Si
l'on fait intervenir pour justifier l'action la nécessité politique, les usages de l'époque, et surtout l'influence du temps qui calme les souvenirs et les douleurs, le spectateur peut l'admettre. Mais toutes ces

ressources manquaient à Corneille : car il ne paraît pas avoir compris le côté historique du fait, et, comme les poëtes espagnols, il a voulu que l'alliance de Rodrigue avec Chimène fût simplement l'effet d'un amour mutuel. C'était rendre la fiction plus dramatique, mais le problème moral plus délicat. L'amante qui oublie les douleurs de la fille devient coupable si cet oubli n'est excusé par de longs combats contre la nécessité qu'elle subit et contre le sentiment qui l'entraîne. Or, la règle de l'unité de temps ne permettait pas même de prolonger cette lutte pendant vingt-quatre heures : la pièce devait être terminée avant que le cadavre du père se trouvât refroidi.

Il fallait de l'habileté pour sortir heureusement d'une situation qui offrait tant d'écueils : Corneille n'en manqua point, malgré son inexpérience. Il peignit Chimène fidèle au devoir qui lui ordonnait de poursuivre Rodrigue, et ne fit entrevoir que dans l'avenir le mariage des deux amants, après avoir eu l'art de le rendre inévitable. C'était déjà s'élever au-dessus des combinaisons du drame vulgaire : mais à la sagesse du plan il sut joindre des qualités plus rares et d'un ordre encore plus élevé, la grandeur soutenue des peintures, la noblesse du style, la fierté des caractères. Ses prédécesseurs avaient su dessiner des figures romanesques ; il en traça d'héroïques, et il leur prêta un langage sublime.

Esquissons, non pas la pièce tout entière, car il s'y trouve quelques hors-d'œuvre, mais ses parties essentielles qui s'enchaînent régulièrement.

Le comte de Gormas, père de Chimène, a formé le dessein de prendre Rodrigue pour gendre, et il en

avertit sa fille [1], dont ce choix comble les vœux. Mais
il se voit préférer le père de Rodrigue pour un honneur qu'il avait espéré, et cette humiliation lui fait
refuser une alliance entre leurs enfants. Joignant
l'outrage à ce refus, il donne un soufflet au vieillard
et le désarme de son épée. Dans son désespoir, don
Diègue a recours à son fils, sans lui nommer d'abord
l'offenseur, et quand il a obtenu la promesse d'une
juste vengeance, il lui apprend quel est l'ennemi qu'il
doit frapper. Placé ainsi dans la situation la plus
imprévue et la plus terrible, Rodrigue l'accepte sans
faiblesse. Il fera son devoir quoi qu'il en coûte à son
amour, et en présence de son père outragé nous nous
associons à sa douleur et à sa colère.

Telle est la marche rapide de l'action dans le
premier acte. Au commencement du second, le comte
refuse de réparer sa faute tout en la reconnaissant, et
les ordres du roi ne peuvent faire fléchir sa fierté.
Rodrigue, qui survient alors, le défie au combat,
l'oblige à y consentir malgré ses premiers refus, et
l'entraîne à la lutte où l'un d'eux doit périr. Ainsi
se complète la première partie du drame, et elle a
déjà suffi pour nous attacher au héros que Corneille
a su animer de sentiments si profonds et, suivant les
idées de l'époque, si légitimes. Il n'en fallait pas
moins pour nous préparer au pardon secret que lui
accordera bientôt le cœur de Chimène : elle nous
blesserait en lui disant « je ne puis te blâmer, » si
nous n'avions pas poussé le même cri avant elle.

[1] Corneille modifia plus tard ce début, et, suivant la nouvelle
version, c'est la gouvernante de Chimène qui lui fait cette con-
fidence.

Mais l'auteur a rendu si noble et si intéressant le
caractère de Rodrigue, il a si bien justifié toute sa
conduite et fait ressortir la grandeur de cette âme
généreuse, que sa cause est déjà gagnée devant nous.
Jamais figure chevaleresque ne fut plus fièrement
dessinée; et cependant c'était le début du poëte, à
qui l'art n'offrait pas encore de modèles.

La perfection de quelques-unes de ces premières
scènes ne peut s'expliquer que par cette faculté toute-
puissante d'inspiration qui élève au-dessus d'eux-
mêmes les poëtes et les artistes. Chaque mot fait
impression dans celle où Rodrigue est appelé par son
père à venger sa vieillesse outragée, et dans celle
où il provoque à son tour l'offenseur. Outre les traits
sublimes qui commandent l'admiration, on peut en
remarquer d'autres qui sont d'un art infini. Ainsi
quand le jeune héros demande à son adversaire s'il
connaît bien la gloire et les vertus de celui qu'il vient
d'insulter, une réponse négative serait une injure
stupide et brutale; une réponse affirmative paraîtrait
une concession et manquerait de fierté. Le comte
répond: «Peut-être!» mot à la fois juste et fier, qui ne
blesse point la vérité, tout en refusant l'hommage
demandé par un ennemi. Mais quand, à son tour, il
s'écrie : «Sais-tu bien qui je suis?» Rodrigue, qui doit
de la déférence au guerrier illustre et au père de
Chimène, n'hésite pas à répliquer :

> Oui. Tout autre que moi
> Au seul bruit de ton nom serait rempli d'effroi !

Après avoir tracé de main de maître tous les détails de ce magnifique tableau, Corneille montre

moins de vigueur dans la suite du second acte. Le
roi y apprend que le comte a succombé et il voit
accourir à ses pieds Chimène et don Diègue, la première demandant vengeance, le second justifiant
l'action de son fils. Il les écoute sans prendre aucune
résolution et ajourne son arrêt suprême. C'est le
plan du drame espagnol à peine modifié ; mais Corneille va bientôt faire naître un nouvel intérêt du
combat de l'amour et du devoir dans le cœur de
Chimène.

Nous sommes témoins de ce combat dès le commencement du troisième acte. Rodrigue est venu se
livrer à celle qu'il aime et qui demande sa perte.
Obligé de se cacher à tous les regards, parce qu'il la
compromettrait, il l'entend bientôt gémir de la nécessité qui la force à le poursuivre ; mais elle sera
fidèle à son père et à son devoir, quoi qu'il en coûte à
son amour. Il se montre alors, il déclare qu'il ne se
défendra pas, qu'il veut mourir, et elle est forcée de
lui demander de ne pas s'immoler à son attachement
pour elle. La fatalité qui les sépare, sans leur laisser
rien espérer de l'avenir, est pour tous deux une cause
de douleur. Chimène n'a pas la force de le cacher, et
un cri de regret qui lui échappe mêle encore quelques
idées tendres aux dernières paroles de leur entretien. Ces nuances diverses, habilement mélangées,
soutiennent jusqu'à la fin l'intérêt de cette scène pathétique, à peine entachée quelquefois des exagérations de l'époque. Si la délicatesse de la pensée et du
langage dans l'expression des sentiments intimes
n'y est pas portée aussi loin qu'on apprit plus tard
à le désirer, Corneille avait du moins saisi les grands

traits de la passion, et su les rendre avec vigueur.
C'était la première fois que la peinture du cœur
atteignait à ce degré de perfection : la difficulté
vaincue en redoublait le prix aux yeux des contemporains, et ce second triomphe ne laissait plus d'obstacle à redouter au poëte. La force qu'il avait acquise
devait le soutenir sans difficulté jusqu'au bout de la
pièce, quoiqu'il s'affaiblisse un peu dans les actes
suivants, et ne fasse aucun nouvel effort pour animer
l'action à mesure qu'elle se prolonge.

Peu d'instants après cette scène, Rodrigue part
pour repousser une attaque des Mores qui mena-
cent la côte. La nouvelle de sa victoire et le récit qu'il
en fait au roi ouvrent l'acte suivant. Mais Chimène
demandait encore vengeance. Le monarque, pour
l'éprouver, lui annonce que le jeune héros a péri dans
son triomphe, et comme elle laisse percer toute sa
douleur à ce coup imprévu, il essaye de lui arracher
le pardon de Rodrigue. Cependant elle insiste en
apprenant qu'elle a été trompée, et obtient, conformé-
ment à l'usage, de choisir un champion qui combatte
le meurtrier de son père. A ce champion, pour prix
de la victoire, elle donnera sa main et sa fortune :
mais s'il succombe, elle aura perdu le droit de poursuivre encore le guerrier vainqueur.

Le dénoûment commençait à se laisser entrevoir.
Corneille achève de le découvrir en faisant changer
par le roi la dernière des deux conditions du combat:
le vainqueur, quel qu'il soit, deviendra l'époux de Chimène. Cette précaution, inutile pour amener un résultat déjà trop prévu, est une faute aussi grossière
qu'elle eût été facile à réparer. Mais il semble que le

génie du poëte éprouvait enfin, après tant d'efforts
heureux, une sorte de fatigue, et il ne met plus en
jeu dans le cinquième acte que des ressorts qu'il avait
déjà employés. Rodrigue revient une seconde fois
chez Chimène pour protester de nouveau qu'il ne se
défendra pas, et à son tour elle se trouve amenée à
lui commander encore de vivre et de vaincre, en ré-
pétant les aveux que sa tendresse avait déjà laissés
échapper. Plein de joie et d'espoir, il court remporter
un facile triomphe ; mais elle retombe bientôt dans la
fausse persuasion de sa mort en voyant revenir le
champion qu'il a combattu et auquel il a laissé la vie.
Son désespoir éclate alors comme il avait déjà éclaté,
et le roi, qui en est témoin, y puise les mêmes raisons
en faveur de Rodrigue. Cette situation sans issue,
car Chimène continue à résister, se termine enfin par
l'assurance que le monarque donne à Rodrigue de
conclure plus tard cette union encore impossible, et
le dénoûment ne va point au delà de cette simple
promesse.

Si l'on ne retrouve pas, dans les derniers actes du
Cid, des scènes d'une vigueur aussi merveilleuse et
d'une beauté aussi parfaite que dans les deux premiers, il faut remarquer que le sujet y offrait des difficultés plus grandes. La question morale était nette
et sans obscurité aussi longtemps qu'il ne s'agissait
que de l'injure de don Diègue et du devoir de son fils.
Le poëte n'avait à dessiner que des figures mâles, à
exprimer que des sentiments fiers et généreux. Il
rencontrait là une tâche conforme à la nature de son
talent, aux instincts de son génie. Mais après ces
scènes héroïques, l'amour de Chimène, balancé par

la sainteté du devoir filial et par les lois de l'honneur,
offrait des problèmes plus délicats à résoudre. Les
limites des divers sentiments semblaient ici se confondre, et Corneille devait se trouver moins sûr de
lui-même. Il avait bien fait parler aux héroïnes de
ses comédies le langage que les beaux esprits et les
personnes de distinction prêtaient alors aux passions
tendres; mais ce langage de convention était trop
faux pour que sa raison y distinguât les nuances
justes. Depuis l'*Arténice* des *Bergeries* de Racan et
l'*Astrée* de d'Urfé jusqu'à la *Sophonisbe* de Mairet,
tous les types de femmes créés par l'imagination des
auteurs manquaient de vérité, de mesure, d'harmonie. Quant à ceux qu'offrait le théâtre espagnol, ils
étaient encore plus hasardés. Il ne restait donc au
poëte qu'à s'isoler de son époque pour chercher dans
ses propres inspirations des images plus vraies, ou
à suivre le goût public au risque de s'égarer avec
lui.

Le suffrage de ses contemporains ne fit pas plus
défaut à la tendresse de Chimène qu'à l'énergie de
Rodrigue. Il y eut bien quelques rigoristes qui l'ac-
cusèrent de manquer de vertu : mais ce reproche
injuste était sans portée et fut sans écho. En revanche
nul ne parut remarquer l'exagération des sentiments
où Corneille tombe quelquefois, la confusion d'idées
qui lui fait souvent mêler le devoir de Chimène et ce
qu'il appelle sa gloire, c'est-à-dire le soin de sa réputation, enfin le manque de ces nuances délicates
qui, en laissant percer les émotions vives, semblent cependant jeter encore quelque voile sur les secrets
du cœur. Ces défauts étaient ceux de la littérature

La critique du Cid soumise à Richelieu.

et de la société, et le temps seul devait les rendre sensibles. Au contraire, les véritables beautés de cette partie de l'ouvrage étaient neuves, et faisaient une impression profonde après tant de créations pâles et sans réalité. L'Académie, dans sa critique du *Cid*, déclare que la passion de Chimène est ce qui a excité le plus d'applaudissements ; que ses puissants mouvements, joints à ses vives et naïves expressions, l'ont fait estimer, et qu'elle a assez d'éclat et de charmes pour faire oublier les règles.

L'apparition d'une œuvre si supérieure à tout ce qui existait jusqu'alors fut le plus grand événement littéraire du xviie siècle : l'art se révélait dans toute sa splendeur, et plus cette splendeur était nouvelle, plus elle éblouissait les esprits. « Jamais, dit Fontenelle, pièce de théâtre n'eut un si grand succès. Elle fut traduite en toutes les langues de l'Europe, hors l'esclavone et la turque. Les Espagnols avaient bien voulu copier eux-mêmes une pièce dont l'original leur appartenait, et Pelisson, dans son histoire de l'Académie, dit qu'en plusieurs provinces de France il était passé en proverbe de dire : *Cela est beau comme le Cid.* »

Ce triomphe du premier chef-d'œuvre dont pût s'enorgueillir la scène française devait aussi faire triompher le sentiment du beau et du naturel. Jusque-là l'ignorance et le mauvais goût avaient eu assez d'influence pour disputer le théâtre à la raison et à la vérité. Mais *le Cid* dessilla les yeux, et, dès qu'il eut paru, tout ce qui s'y trouvait de faux, affecté, puéril, fut condamné. Corneille lui-même, éclairé par son succès, devait cesser dans la suite de payer tribut à ce

bel-esprit mesquin que l'usage avait mis à la mode, et
dont quelques passages du *Cid* nous offrent encore
des traces. Il avait prêté plus d'un concetti à son
héros, et fait dire à Chimène que la blessure de son
père était une bouche de laquelle sortait sa plainte.
Mais on ne le vit plus guère tomber dans ce genre de
fautes après avoir fait l'expérience de sa propre force
et acquis le droit de s'y confier.

Ce ne fut cependant pas sans résistance que *le Cid*,
et avec lui le génie de Corneille, réussit à s'emparer de
l'opinion. Pendant que l'admiration publique lui dé-
cernait la palme sur tous ses rivaux, leur amour-
propre blessé cherchait à prendre sa revanche, et ils
accablaient des critiques les plus amères l'ouvrage
qui venait d'effacer tous les leurs. Le signal fut donné
par Scudéry, qui publia des observations sur *le Cid*,
où se trouvent les six propositions suivantes :

Que le sujet n'en vaut rien du tout;
Qu'il (*le Cid*) choque les principales règles du poëme dramatique;
Qu'il manque de jugement en sa conduite;
Qu'il a beaucoup de méchants vers;
Que presque tout ce qu'il a de beautés sont dérobées;
Et qu'ainsi l'estime qu'on en fait est injuste.

En ce différend qui partagea toute la cour (nous
copions ici l'Histoire de l'Académie française), le cardinal sembla pencher du côté de Scudéry. Il engagea
la compagnie savante qu'il venait d'instituer à se
poser juge du mérite de l'ouvrage, qui ne pouvait,
suivant lui, obtenir que le suffrage *des ignorants*.
Ceux de ses membres qui étaient réputés les plus
habiles consacrèrent cinq mois de travail à formuler

les *Sentiments de l'Académie sur la tragi-comédie
du* Cid, morceau qui passa longtemps pour une critique équitable et impartiale de la pièce de Corneille
et qui en effet ne la condamnait qu'à demi [1]. On y lit
cependant la condamnation du sujet, qui est *défectueux en ses parties essentielles :* celle du plan, qui
pèche contre *les bienséances ;* celle des mœurs *scandaleuses ou dépravées* de l'héroïne ; celle du dénoûment, qui parait *mauvais et contre l'art,* et enfin
celle *du grand nombre de vers faibles et rampants*
qu'il est facile de reconnaître dans tout le poëme.
Cependant l'Académie rendait justice à une partie
des beautés que Scudéry avait méconnues ; elle moti-
vait sagement quelques-unes de ses remarques, elle
voulait bien déclarer *qu'un agrément inexplicable
se mêle à tous les défauts* de l'ouvrage. C'était beaucoup si l'on songe à l'influence de Richelieu, au pouvoir de l'envie, au crédit dont jouit le pédantisme
dans les corps savants: c'était trop peu si l'on com-
pare *le Cid* aux pièces qui l'avaient précédé. Corneille,
soutenu par l'opinion de toute la France contre le
parti qui dominait à la cour et parmi les gens de lettres, se tint pour maltraité par l'Académie. Mais la
vengeance qu'il médita n'était pas indigne de lui :
c'était d'obtenir de nouveaux triomphes par d'autres
créations aussi grandes et plus régulières.

[1] Voltaire en faisait encore l'éloge, mais on ne peut guère
croire que ce fût de très-bonne foi.

CHAPITRE XIII.

LA TRAGÉDIE APRÈS LE CID.

Les premières tragédies de Corneille, après *le Cid*, nous transportent dans le monde antique. C'est à Rome que le poëte va chercher ses héros, et il croit puiser dans Tite-Live et dans Sénèque la grandeur qu'il leur donne. Il avait gardé le silence pendant trois ans, comme s'il avait besoin de temps et de méditation pour se familiariser avec ce nouvel ordre de sujets. *Horace* et *Cinna* parurent ensuite à quelques mois l'un de l'autre (1639).

L'unité matérielle, celle de lieu et de temps, est à peu près observée dans le premier de ces deux ouvrages; mais ce n'est pourtant pas au point de vue de la régularité qu'il nous montre chez Corneille un véritable progrès. L'action d'*Horace* est double, et ses deux parties se séparent complétement. Dans la première moitié de la pièce, il s'agit du salut de Rome, menacée du triomphe des Albains; dans la seconde, du salut d'Horace qui a souillé sa victoire en tuant sa propre sœur. Ce défaut capital, que l'auteur n'hésita pas à reconnaître lui-même, était bien autrement grave que les fautes où il avait pu tomber dans *le Cid*. Mais ici son génie semble absorbé dans une autre tâche : ce n'est ni sur l'action ni sur le plan qu'il compte pour intéresser; il ne s'applique qu'à créer des images assez imposantes pour commander au spectateur l'admiration. Sous ce rapport, son succès est merveilleux, ses héros offrant un type inimitable de fierté, de vigueur, d'héroïsme sauvage et de la plus âpre vertu que les historiens aient prêtée à la race romaine.

C'est le propre des créations du génie de rester toujours neuves. Deux siècles n'ont encore rien fait perdre à ces mâles figures de leur caractère saillant, et, sous le rapport même du style, les plus belles scènes d'*Horace* conservent leur éclat. Tout le monde connaît celles où Corneille met en regard le champion de Rome et celui d'Albe. Un poëte vulgaire aurait affaibli le portrait de Curiace, pour faire ressortir celui du Romain : lui, au contraire, donne à l'adversaire de son héros assez de noblesse et de dignité pour éveiller en sa faveur toutes nos sympathies.

2.   8

Aussi généreux que brave, Curiace répond à l'idée
ordinaire des vertus du guerrier ; mais il n'en sert
que mieux à mettre en relief les traits énergiques
d'Horace, colosse au front de bronze et à la main de
fer, dont Corneille semble avoir retrouvé l'image
dans les vieux débris des légendes latines. Il en est
de même du vieillard et de Camille, chez qui la
force surhumaine devient le cachet de la vérité historique. Aussi l'intérêt qu'ils inspirent soutient-il
seul les premiers actes, et à peine s'aperçoit-on un
instant du vide que semblerait devoir y laisser la simplicité de l'action. Le style, qui s'élève avec le sujet,
a pris une majesté que la poésie ne possédait pas encore : s'il n'est pas d'une correction irréprochable et
d'une égalité parfaite, il a tout le sublime de la force,
et l'éloquence antique elle-même ne nous a rien laissé
de plus ferme [1].

Cinna, sans offrir des peintures plus vigoureuses
et une poésie plus fière, passe cependant, à juste titre,
pour le chef-d'œuvre du poëte. Les caractères n'y
sont pas moins énergiquement tracés que dans *Horace* ; le sujet, moins défectueux, présente tous les

---

[1] Aujourd'hui que nous sommes familiarisés avec ces conceptions
sublimes qui n'appartiennent qu'à Corneille, nous y remarquons,
à côté de traits d'une beauté sans égale, des imperfections assez
sensibles : c'est quelquefois la pompe et l'enflure espagnoles que
le poëte prend pour la vigueur antique, et un peu de clinquant
vient se mêler à l'or dans la richesse qu'il étale. Mais ce qui
nous choque maintenant était de l'époque ; ce que nous admi-
rons, ce qui sera toujours admirable, était neuf. Comment exiger
du génie qu'il s'élève constamment au-dessus des idées contemporaines, quand il est encore seul à les dépasser ?

éléments d'intérêt et de force nécessaires à la tragédie, et la conduite de la pièce est supérieure à celle
du *Cid.* Cependant Voltaire et la Harpe y trouvaient
« des vices essentiels, » reproche que nous sommes
loin d'admettre, mais que l'autorité de pareils juges
ne permet pas de rejeter sans examen. Nous allons
donc essayer de soumettre à l'analyse la composition
de ce magnifique tableau, dont l'étude ne peut que
fixer nos idées sur les progrès de l'art et sur les titres
de gloire de Corneille.

L'invention du drame appartient ici au poëte : car
le sujet, emprunté à l'histoire [1], n'avait pas encore
été porté sur la scène. Le premier acte, nécessaire-
ment consacré à l'exposition, ne nous fait connaître
qu'Émilie et Cinna : elle, fille d'une des victimes d'Auguste, et ne pouvant pardonner au prince qui s'applique en vain à réparer son crime à force de bienfaits ; lui, descendant de Pompée et protégé comme
elle par l'ancien ennemi de sa famille. Il aurait peut-
être perdu le souvenir de l'injure et l'ardeur de la
vengeance ; mais, poussé par elle, il conspire contre
l'empereur, qui doit être poignardé le lendemain. Le
tableau qu'il trace de la conjuration offre assez de
chaleur pour répandre de l'intérêt et de l'éclat
sur cette exposition, dont la solennité était jusqu'a-
lors un peu froide. Et en ce moment même un ordre
impérial vient nous faire trembler pour Cinna, brusquement appelé au palais, comme si déjà il était découvert.

[1] Le fait du pardon de Cinna, rapporté par Sénèque, mais
passé sous silence par Suétone et par tous les autres historiens,
n'est pourtant pas d'une grande authenticité.

L'inquiétude qui vient d'être si habilement éveillée
par le poëte se dissipe à l'ouverture du second acte.
Nous voyons Cinna, et Maxime, l'autre chef de la
conspiration, en présence de l'empereur. Il ne les
avait fait venir que pour les consulter sur une question en apparence étrangère à l'action de la pièce,
mais qui en réalité s'y rapporte directement. Fatigué
du poids de sa puissance, doit-il la conserver encore
ou rendre la liberté au monde? Tel est le problème
dont il demande la solution à ceux qui ont déjà juré
sa perte. Autant l'idée elle-même est vaste et gran-
diose, autant la situation est fortement conçue.
L'empereur, trop grand pour songer à feindre, a mis
à nu toute l'indécision de sa pensée : un mot déter-
minera sa résolution, et ce sont ses ennemis secrets
qui se trouvent appelés à le prononcer. Maxime, dont
l'ambition se borne à délivrer Rome de la tyrannie,
le presse d'abdiquer. Mais Cinna, qui, pour venger
Émilie, veut frapper Auguste, le détourne d'une modération qui le sauverait. Ses conseils l'emportent, et
resté seul avec son ami, qui ne les comprenait pas
encore, il lui explique le sentiment qui les a dictés.
Toutefois ce sentiment, comme le remarque la Harpe,
cesse de paraître aussi légitime au spectateur. Auguste
s'est montré confiant et généreux dans son entretien
avec les conjurés. La majesté souveraine dont le poëte
a su le revêtir efface le souvenir des crimes déjà anciens que ses ennemis lui reprochent, et la conspiration perd ainsi le prestige que lui donnaient d'abord
les grands noms de justice, de liberté, de patrie.

Faut-il en conclure, avec les critiques, que l'intérêt
soit affaibli? Oui, si l'intérêt de la conjuration était

celui de la pièce ; mais si Corneille veut réserver nos sympathies et notre admiration pour les nobles mouvements d'âmes héroïques, dont la grandeur éclatera dans une lutte toute morale, que peut-il faire de mieux que d'écarter ainsi, en les affaiblissant, les premières images à l'aide desquelles il nous avait naguère attachés aux conspirateurs? Les scènes précédentes ont préparé ce changement ; le troisième acte l'achève. Là nous apprenons que Maxime est secrètement épris d'Émilie, et nous le voyons poussé par un affranchi à la trahison. Sans avoir la force de se résoudre, il veut observer Cinna, prêt à le livrer à Auguste, s'il ne trouve en lui, au lieu du Romain, que le rival. Mais Cinna, déjà plus digne de sa pitié que de sa jalousie, commence à éprouver l'hésitation, le remords. Par un retour aussi naturel que dramatique, il a horreur maintenant de l'assassinat qu'il projetait contre un prince qui le traite en ami. Il l'avoue à Maxime, et dans cette scène, où Voltaire a tout blâmé, Corneille nous fait lire jusqu'au fond du cœur humain avec cette profondeur d'intuition qui fait la gloire de Shakspeare. « Vous n'aviez point tantôt ces agitations, » a dit Maxime ; voici la réponse du poëte au spectateur :

> On ne les sent aussi que quand le coup approche...
> L'âme, de son dessein jusque-là possédée,
> S'attache aveuglément à sa première idée :
> Mais alors quel esprit n'en devient point troublé?
> Ou plutôt quel esprit n'en est point accablé?
> Je crois que Brute même, à tel point qu'on le prise,
> Voulut plus d'une fois rompre son entreprise,
> Et qu'avant de frapper elle lui fit sentir
> Plus d'un remords dans l'âme et plus d'un repentir !

8.

Corneille a souvent rendu avec plus de bonheur
d'autres pensées, il n'en a jamais exprimé de plus
profonde. «Je soupçonne, dit Voltaire, que ce remords
serait très-touchant, très-intéressant, s'il avait été
plus prompt.» C'est prétendre que la première impression devrait avoir ici assez de force pour détruire
un projet que le temps et la passion avaient affermi.
On peut croire qu'il n'en va pas ainsi dans une âme
égarée par l'ardeur des ressentiments; ses résolutions
injustes ne cèdent pas si vite à la voix de la raison et
de la conscience. Presque toujours c'est la passion
qui continue à triompher pendant quelque temps, et
sa violence étouffe jusqu'aux scrupules les plus sacrés.
Mais entre la volonté du crime et son accomplissement, il y a un moment solennel où la dernière lutte
s'engage et où le remords se fait entendre à son tour
pour arrêter la main du coupable. C'est dans ce moment que le poëte amène Cinna devant nous pour se
repentir, pour s'accuser d'une lâche ingratitude, pour
s'écrier en frémissant :

> O coup ! ô trahison trop indigne d'un homme !
> Dure, dure à jamais l'esclavage de Rome !
> Périsse mon amour, périsse mon espoir,
> Plutôt que de ma main parte un crime si noir !

Mais tout en rendant justice à la vérité morale de
la situation que Corneille avait su concevoir, force
nous est d'avouer que son style et peut-être même sa
pensée n'offrent plus ici cet éclat, cette fierté, cette
beauté suprême qu'on admire dans ses scènes les plus
brillantes. La jalousie et le ressentiment de Maxime,
les remords de Cinna mêlés à son amour, deman-

daient à être exprimés avec une justesse de nuances
et une perfection de langage que le poëte n'atteint
que dans d'autres sujets. Peintre admirable de l'honneur et de la majesté, de la douleur et de la colère,
il ne représente que d'une manière moins vive et
moins nette ce qu'il y a de plus intime dans les émotions de l'âme.

Tout porte à croire que cette inégalité tenait en partie
à la nature même du génie de Corneille. Mais nous
avons aussi remarqué que la littérature n'avait pas
encore appris la science du cœur humain, et que hors
de ses propres inspirations le poëte ne trouvait ni
guides ni modèles. Ainsi s'explique le parti médiocre
qu'il tire de conceptions si fortes. Il est plus heureux
dans les scènes suivantes, où il nous montre Émilie
en présence de Cinna repentant et découragé. La
fierté de la jeune fille, son amour filial, sa haine pour
le meurtrier de son père, forment le contraste le plus
vif avec le remords qui a désarmé son amant. Elle
demeure inflexible et porte un moment l'énergie jusqu'à la violence ; mais quand il est sorti désespéré pour
accomplir son crime et s'en punir ensuite, elle pleure,
elle le fait rappeler, elle redevient femme.

La beauté de ce caractère d'Émilie frappe en général plus qu'elle ne charme. Voltaire s'est demandé
pourquoi ce rôle « plein de choses sublimes » touchait
peu au théâtre, et il ne trouve pas que tant d'énergie
chez une femme soit dans la nature. Peut-être juge-
rait-on autrement aujourd'hui que la science historique a élargi le cercle factice des convenances théâ-
trales. Du temps de Corneille, où la Fronde approchait,
où les souvenirs de la Ligue subsistaient encore, on

applaudissait sans scrupules à cette *adorable furie*.
Mais l'erreur du poëte est d'avoir calqué l'amour
d'Émilie pour Cinna sur les passions factices et so-
lennelles qu'affectait alors la belle société. Il lui fait
étaler avec une sorte d'emphase l'ardeur de son affection, et le pouvoir que, d'après le code de la galanterie régnante, elle veut légitimement exercer sur le
cœur de son amant. Rien ne nous intéresse plus dans
cette tendresse qui marche le front si haut, et qui
s'arroge les droits d'une vertu. L'amour, ainsi conçu
à la manière de d'Urfé ou de mademoiselle de Scudéry, est impérieux et déclamatoire chez la femme
qui se laisse adorer sans baisser les yeux ; il est faux
et frivole chez l'homme qui se soumet et qui affecte
de ramper. Ce qui nous faisait admirer Émilie, c'est
la force et la fierté que Corneille lui a données ; ce
qui nous glace en elle, c'est la flamme de convention
qu'elle doit à la mode de son époque.

Heureusement les théories des romanciers n'avaient
pas imposé de même au poëte un type de souverain : il put peindre Auguste d'après l'histoire, et tel
que le concevait son génie. Aussi cette grande figure,
dont la majesté nous imposait déjà au second acte,
devient-elle sublime au quatrième, où nous la voyons
s'émouvoir à son tour et dépouiller l'auréole du prince
pour nous découvrir le cœur de l'homme. L'empereur vient d'apprendre le complot de Cinna. Sa douleur, son indignation, le découragement et le dégoût
de la vie que lui inspirent l'abandon et la haine dont
il est l'objet, éclatent avec une énergie effrayante.
Corneille, il est vrai, se conforme ici à la tradition
historique, recueillie par Sénèque, et qu'il n'a garde

de fausser : mais, supérieur par la pensée comme par
l'éloquence au philosophe romain, il fait parler après
la passion la conscience, et dans l'âme du maître du
monde il nous laisse voir la honte et les remords de
l'usurpateur. Voici cette admirable leçon du génie à
la puissance ; elle est placée dans la bouche du monarque :

> Rentre en toi-même, Octave, et cesse de te plaindre.
> Quoi ! tu veux qu'on t'épargne et n'as rien épargné !
> Songe aux fleuves de sang où ton bras s'est baigné...
> Et puis ose accuser le destin d'injustice,
> Quand tu vois que les tiens s'arment pour ton supplice,
> Et que par ton exemple à ta perte guidés
> Ils violent des droits que tu n'as pas gardés !
> Leur trahison est juste et le ciel l'autorise :
> Quitte ta dignité comme tu l'as acquise,
> Rends un sang infidèle à l'infidélité,
> Et souffre des ingrats après l'avoir été !

Auguste sort de ce combat avec lui-même plein de
tristesse et d'irrésolution. L'impératrice Livie lui
conseille en vain la clémence : il y a encore dans son
cœur trop d'amertume et de colère. Il attendra que
les dieux l'inspirent. Cette indécision, qui laisse l'action suspendue et la scène vide, produit la seule irré-
gularité qu'on observe dans la marche de la pièce.
Le quatrième acte devrait finir ici ; mais le bon Corneille, — car ce grand génie est le plus simple des
hommes, — ne se croit pas le droit de manquer à
l'usage et aux préceptes des savants, qui imposent à
toutes les parties du drame une égale longueur. Il
ajoutera donc au tableau un appendice, aux scènes

essentielles du plan des scènes accessoires qui n'y ren-
trent pas. Ici, comme de raison, l'inspiration l'abandonne : c'est avec une froideur et une faiblesse qui
n'ont plus rien de tragique qu'il nous montre Maxime
essayant de profiter de la perte de Cinna pour obtenir Émilie, et se faisant repousser par elle avec
un profond dédain. On dirait, au style même, que le
poète se sent tombé hors de son œuvre.

Le cinquième acte l'y ramène, et Auguste, devenu
« maître de lui comme de l'univers, » pardonne avec
une générosité qui excite en nous l'enthousiasme. Sa
grandeur en ce moment donne une solution logique
au problème moral de la pièce. Émilie, qui était toujours restée fidèle à son ressentiment; Cinna, qui, en
se voyant découvert, avait repris la fierté du républi-
cain, ne pourraient, sans s'avilir, courber la tête sous
le tyran; mais il ne leur reste qu'à s'incliner devant
le plus généreux et le plus magnanime des ennemis,
devant l'homme assez supérieur à son pouvoir pour
paraître digne de commander au monde. Quelques
taches peuvent sans doute se remarquer dans cet ensemble éclatant; mais elles ne sauraient l'obscurcir, et
l'on sourit de voir Corneille s'arrêter encore à solli-
ter le pardon de Maxime, quand le spectateur, tout
entier à son émotion, a déjà oublié les parties faibles
et les détails imparfaits d'une composition si gran-
diose [1].

---

[1] De pareils ouvrages, qui prennent place parmi les chefs-
d'œuvre du génie humain, ont une trop grande influence sur
l'art tout entier pour que leur appréciation doive nous être in-
différente. La Harpe a prétendu trouver dans *Cinna* tant de
variations d'intérêt, qu'à la fin l'action ne serait presque plus

S'il existe dans la littérature antique et moderne des drames qu'on puisse mettre au dessus de *Cinna* pour la perfection ou pour la profondeur, — et le nombre en est bien limité, – il n'en est aucun où la pensée du poëte prenne un essor plus élevé. Produire par la seule admiration cette émotion pure qui s'empare de l'âme pour l'exalter, trouver dans la grandeur morale de l'homme un ressort plus puissant que ses passions elles-mêmes, c'était donner à la tragédie sa mission la plus noble. Telle fut la gloire de Corneille. L'envie se vit alors réduite à faire silence devant lui, aussi longtemps du moins qu'il put se soutenir à cette hauteur prodigieuse. Si la grandeur de pareilles créations devait épuiser son génie, comme on le remarqua plus tard, rien ne faisait encore prévoir l'heure trop prochaine de son déclin, et *Polyeucte*, qui fut représenté un an après *Cinna* (1640), peut être mis sur la même ligne.

soutenue que par la curiosité. Mais cette variété qu'il condamne ne résulte point de l'introduction de faits nouveaux : c'est la même action qui, en se développant, nous présente ses faces diverses. Dans les sujets ordinaires, où nulle transaction n'est possible entre des intérêts opposés, ce serait une faute capitale de vouloir faire passer le spectateur de l'un à l'autre ; mais ici, où le dénoûment doit amener leur conciliation, pourquoi ne partirions-nous pas du même point que Cinna, pour arriver au même terme que lui ? Si nos impressions changent, c'est précisément dans le sens où doivent changer les siennes, et cette révolution même donne au drame de la force, au problème de l'intérêt. Supposez la conspiration présentée dès l'abord avec défaveur, et la sympathie du spectateur acquise à Auguste, nous sentirons bien moins la grandeur de cette lutte dans laquelle nous devons être subjugués nous-mêmes par l'ascendant du génie et de la vertu.

Tout est neuf et sublime dans cette pièce, la première qui ait mis sur la scène un sujet chrétien. Mais elle se refuse à une analyse succincte, tant il y a de grandeur dans les conceptions du poëte et de fécondité dans ces types nouveaux qui se révèlent à son génie. On s'accorde à reconnaître que le rôle de Pauline est une de ces créations immortelles que nulle autre ne saurait effacer. La dignité de la femme s'y élève jusqu'à l'héroïsme et la fidélité au devoir y ennoblit les mouvements de la passion. Polyeucte est aussi généreux, aussi ardent, aussi dramatique dans son enthousiasme pour la religion dont il devient le martyr; Sévère aussi noble et aussi touchant dans son culte pour la femme qu'il a aimée. Chacun de ces personnages, en faisant luire à nos yeux un ordre de beautés jusque-là inconnu, le laisse peut-être encore incomplet; mais tous trois sont restés uniques, sans que depuis deux siècles l'art ait osé continuer les peintures esquissées par Corneille.

L'action, dans *Polyeucte,* offre une grande unité; mais la pièce, conduite d'abord avec beaucoup d'art, s'affaiblit dans les derniers actes, et arrive mal à son dénoûment. Sa beauté propre consiste dans l'admirable harmonie des caractères principaux qui conservent presque tout leur éclat jusqu'à la fin. Le style présente aussi une élégance plus simple et plus pure. Le talent du poëte est en progrès, et l'inspiration ne lui fait encore jamais défaut.

Mais après *Polyeucte* sa manière change. Soit fatigue ou désir de s'ouvrir de nouvelles voies, — car cette noble ambition ne l'abandonna jamais, — il se jette dans des combinaisons capricieuses ou frivoles.

Pompée, qui parut en 1641, est une pièce inégale, mais encore féconde en beautés du premier ordre. On y admire un caractère sublime, celui de Cornélie, dépeint avec une noblesse et une majesté de langage incomparable ; mais il serait difficile d'y reconnaître une action régulière et bien dessinée. *Théodore,* donnée en 1645, après deux comédies sur lesquelles nous reviendrons ailleurs, attire l'attention du spectateur sur des peintures que la bienséance doit écarter de la scène et que le public ne voulut pas y souffrir. L'année suivante, *Rodogune* obtint un grand succès, dû tout entier à son dénoûment où le crime et le mystère font régner une terreur jusque-là inconnue. Toutefois, on ne peut se dissimuler que ce dénoûment même n'ait quelque chose de monstrueux, et que l'art n'y dépasse les bornes de sa liberté morale. Son triomphe est obtenu par surprise, et la raison ne peut l'avouer pour légitime.

Peut-être est-il nécessaire de justifier ce reproche après les éloges qui ont été prodigués au cinquième acte de *Rodogune.* Corneille le regardait comme son chef-d'œuvre, et Voltaire opposait aux critiques qu'il soulève les applaudissements qu'il excite. Mais aujourd'hui que l'opinion est devenue plus grave, elle accueillerait mal, croyons-nous, le spectacle d'une lutte entre deux femmes dont l'une s'efforce de tuer ses fils pour les punir d'aimer sa rivale, et l'autre veut faire de son amour le prix du parricide. Accoutumer l'esprit à de pareilles horreurs, c'est faire violence à la nature ; en rendre le spectacle supportable, c'est consacrer la plus dangereuse des indifférences. Voltaire avoue « la peine » que lui fait le langage de

2.   9

Cléopâtre, — c'est la mère, — lorsque, après avoir assassiné un de ses fils, elle s'écrie :

Enfin, *grâces aux dieux*, j'ai moins d'un ennemi !

Elle devient plus odieuse encore quand à ce premier crime elle fait succéder presque aussitôt une tentative d'empoisonnement sur le fils qui lui reste. Nous voyons alors ce malheureux prince réduit à dire à sa mère et à sa fiancée : « Je sais que l'une de vous vient de tuer mon frère et cherche à m'empoisonner; vous m'avez prouvé toutes deux que vous en êtes également capables; je n'en garde pas moins du respect pour l'une, et de l'amour pour l'autre! » En nous faisant subir, presque à notre insu, tant de monstruosités, Corneille montre bien la toute-puissance du génie, mais il en fait un usage regrettable.

Parmi ses ouvrages suivants, *Don Sanche* (1651), *Nicomède* (1652) et *Sertorius* (1662), font encore briller à nos yeux des figures héroïques. Les deux premiers sont dans le goût chevaleresque du drame espagnol; le dernier reproduit les types plus sévères du monde romain, mais avec le ton d'emphase et la galanterie déplacée dont l'usage faisait presque une loi. Il ne faut chercher dans aucune de ces pièces une action bien forte; cependant il y a quelque grandeur dans le sujet de *Nicomède*, où le dernier des rois de l'Orient se débat sous l'étreinte de la puissance romaine. La généreuse fierté du héros, le sentiment de l'honneur qui se révolte en lui contre cette domination insolente, une certaine grâce noble qui le distingue, font pardonner la faiblesse des figures qui l'entourent, et nous attachent jusqu'au bout à ses desseins généreux.

Dans ses compositions plus médiocres, c'est sur l'artifice du plan que Corneille paraît compter pour produire l'intérêt. Il avait déjà employé ce moyen dans *Héraclius* (1647), véritable tragédie d'intrigue, s'il est permis d'unir ainsi ces deux mots. L'action en est si compliquée, que l'auteur même ne la croyait pas intelligible après une seule représentation; mais les incidents multipliés qui la surchargent font naître des situations extraordinaires, qui captivent l'attention en éveillant la curiosité. A cet « effort d'invention » se joint, chez le poëte, une extrême adresse d'arrangement qui lui permet de se tirer avec bonheur des difficultés qu'il s'est volontairement créées. Son talent, qui n'avait pas encore beaucoup perdu de sa force, le soutient dans ces jeux de son imagination et y répand de nombreuses beautés. Mais plus tard ses efforts furent moins heureux. La règle des unités, qu'il se piquait toujours de suivre, mettait un obstacle presque invincible aux développements qu'il voulait donner à l'action, et l'épuisement de son génie trahissait l'ambition de gloire qui lui était restée. *Othon*, représenté en 1665, est la dernière de ses pièces où l'on retrouve de belles scènes ; *Suréna*, qui parut en 1674, marqua enfin le terme de sa longue carrière poétique, dont la fin avait été attristée par des revers.

Quelques imitations des Psaumes et une traduction en vers de l'*Imitation de Jésus-Christ* nous font connaître la piété sincère de Corneille, sans ajouter à sa gloire littéraire. Mais ses observations

sur ses propres ouvrages sont également remarquables par la justesse et par la bonne foi. S'il y montre
un peu trop d'affection pour quelques œuvres de sa
vieillesse, il s'incline avec une modestie respectueuse
devant l'autorité des anciens, qu'il accepte pour règle.
On serait tenté de regretter cette déférence absolue,
quand on le voit traiter avec autant de force que de
lucidité les questions qu'ils n'avaient pas décidées.
Né avec ce génie qui devine l'art, il y avait joint la
reflexion qui en apprécie les lois, et il n'était pas
moins supérieur aux écrivains précédents par l'intelligence des théories que par l'éclat des créations.

Le temps, arbitre suprême des grandes renommées,
n'a point affaibli l'éclat de la sienne. La langue poétique a été cultivée après lui avec plus de délicatesse
et de perfection, sans atteindre jamais à des formes
plus nobles et plus fières ; les lois de la versification
et le système de la tragédie classique ont été profondément altérés de nos jours, sans que rien ait fait
pâlir à nos yeux les figures mâles et les tons vigoureux de Corneille. Il semble même plus généralement
admiré, depuis que la société moderne, retrempée
pour ainsi dire par la rude épreuve des révolutions,
ne met plus l'élégance et la grâce au-dessus de la
force et de la grandeur réelle. Chaque pas que nous
avons fait vers la nature a été favorable à la gloire
du poëte, malgré le tribut qu'il payait lui-même au
goût de son siècle, et notre époque n'a rien à retrancher du jugement que portaient sur lui les contemporains. C'est à Racine qu'appartient l'honneur de
l'avoir le mieux exprimé :

« Dans l'enfance, ou, pour mieux dire, dans le chaos

du poëme dramatique parmi nous, Corneille, inspiré d'un génie extraordinaire et aidé (plus tard) de la lecture des anciens, fit voir sur la scène la raison, mais la raison accompagnée de toute la pompe, de tous les ornements dont notre langue est capable, accorda heureusement la vraisemblance et le merveilleux, et laissa bien loin derrière lui tout ce qu'il avait de rivaux. Où trouvera-t-on un poëte qui ait possédé à la fois tant de grands talents, tant d'excellentes parties, l'art, la force, le jugement, l'esprit? Quelle noblesse, quelle économie dans les sujets! Quelle véhémence dans les passions! Quelle gravité dans les sentiments! Quelle dignité, et en même temps quelle prodigieuse variété dans les caractères! Parmi tout cela une magnificence d'expressions, proportionnée aux maîtres du monde qu'il fait souvent parler ; enfin, ce qui lui est surtout particulier, une certaine force, une certaine élévation qui surprend, qui enlève. »

Parmi les auteurs de son temps, un seul, marchant sur ses traces, avait mérité d'être nommé à côté de lui. C'est Rotrou, né en 1609, trois ans après Corneille, mais qui l'avait précédé dans la carrière tragique. Écrivain fécond, il ne montra un talent remarquable que dans *Venceslas* et dans *Saint Genest*, tragédies inégales, mais dont les meilleures scènes ont une rare vigueur. *Venceslas*, imité d'une pièce espagnole, offre la complication et l'intérêt romanesque qu'admettait le théâtre de ce pays. Un roi qui, après de vains efforts pour réprimer la violence de son fils, abdique enfin pour ne pas violer la justice en le laissant vivre ; un frère que l'amour et l'erreur

9.

rendent fratricide à son insu; un ministre généreux
qui se venge des outrages du prince en le sauvant,
tels sont les personnages principaux qui animent ce
drame. Ils ont de la force, du mouvement et une
grandeur qui ressort avec plus d'éclat des situations
violentes où l'auteur les jette. Le naturel de son style
en rachète les négligences, et souvent son vers rappelle la fermeté de celui de Corneille.

Saint Genest est une tragédie sacrée, conçue d'a-
près *Polyeucte*, quoique sur un autre plan. Le héros
est acteur, et joue devant Dioclétien dans une pièce
où le christianisme est tourné en raillerie. Touché
tout à coup d'une foi subite, il prend au sérieux son
rôle de converti, proclame la toute-puissance du
Dieu qu'il outrageait, et finit par sceller de son sang
la sincérité de ses paroles. Un essai tenté récemment
pour remettre au théâtre ce chef-d'œuvre de Rotrou
a fait reconnaître qu'à beaucoup d'élévation et d'originalité il joint trop de froideur pour supporter la
représentation. Mais à la lecture il intéresse par la
supériorité de ses plus belles scènes.

Quant à Thomas Corneille, dont les liens du sang
et de l'amitié semblent encore rattacher le souvenir à
celui de son frère, on ne peut le ranger dans son
école. Plus jeune de dix-neuf ans, et dominé par l'esprit d'une autre génération, c'est entre Quinault et
Racine qu'il doit trouver sa place.

CHAPITRE XIV.

LES BEAUX-ESPRITS ET LA HAUTE SOCIÉTÉ VERS LE MILIEU DU XVIIᵉ SIÈCLE.

Balzac. — Ses lettres. — Son mérite comme écrivain et comme penseur. — Voiture. — Ses lettres et ses poésies. — Benserade. — Sarrazin. — Saint-Évremont. — La Rochefoucauld. — Ses *Maximes*. — Ton de la société à cette époque. — Romans de la Calprenède et de mademoiselle de Scudéry. — Tragédies galantes : celle de Quinault.

L'élévation à laquelle nous avons vu parvenir la tragédie de Corneille tenait sans doute avant tout à la puissance de son génie; mais une partie de ses imperfections, et peut-être aussi quelques-unes de ses beautés, étaient, comme nous l'avons déjà vu, le résultat naturel des idées de l'époque et de l'état général de la littérature et du langage. Pour apprécier, sous ce rapport, le mouvement qui s'accomplissait depuis le commencement du siècle, il faut le suivre dans les ouvrages divers où vient se réfléchir la physionomie de la société, ouvrages rarement graves et solides, quelquefois cependant dignes d'intérêt, ou curieux du moins par les tendances d'esprit qu'ils révèlent.

Aux poëtes des premières années du XVIIe siècle s'étaient joints peu de prosateurs. Nous parlerons ailleurs de saint François de Sales, qui eut l'éloquence de son saint ministère. Bien au-dessous de lui, l'évêque Coeffeteau put être cité comme historien élégant et correct des empereurs romains. Mais le premier auteur qui obtint un ascendant durable sur l'opinion et sur la littérature fut le célèbre Balzac, qui sut à la fois ennoblir la langue oratoire et populariser la raison quand il s'en fit l'interprète. La plupart des critiques lui ont rendu justice sous le premier rapport, et reconnaissent qu'il fit pour la prose autant que Malherbe avait fait pour la poésie; qu'il lui donna de la grandeur, du nombre, de la régularité; qu'il offrit le modèle de la majesté et de l'élégance, quoique sans éviter l'enflure et l'affectation; enfin qu'il travailla son style avec une habileté jusqu'alors inconnue, et poussée presque à l'excès. Mais il est plus difficile de le juger comme penseur, aujourd'hui que nous distinguons à peine ce qu'il y avait de spécial, de personnel, de saillant dans sa pensée. Et pourtant l'homme dont la parole conserva longtemps de l'autorité sur toutes les intelligences devait être plus qu'un parleur élégant.

Né, en 1594, d'une famille noble mais médiocre-

ment riche, il s'était destiné de bonne heure à la carrière politique. On le voit à dix-sept ans visiter la
Hollande et en juger la situation dans un Discours sur
l'état de ce pays, puis s'attacher successivement au
duc d'Épernon et au cardinal de la Valette, et résider
quelque temps à Rome comme agent de ce dernier.
Mais après son retour (1625), n'ayant obtenu aucun
des emplois que lui avait fait espérer un moment la
faveur de Richelieu, il se retira dans sa province qu'il
ne quitta plus que rarement. Cependant ses lettres
élégantes et ingénieuses lui avaient acquis une réputation de bel esprit qui ne fit que s'accroître à mesure
qu'elles se répandirent. Il en publia un volume
en 1624, et fut dès lors regardé « non pas simplement comme le plus éloquent homme de son siècle,
mais comme le seul éloquent. » Ses contemporains
l'appelaient le grand épistolier, et ce titre, dit Dus-
sault, convenait parfaitement à un auteur qui avait
fait de l'art d'écrire des lettres une fonction et même
une dignité. Il n'en voulut pas d'autre, et à part le
temps consacré à la composition de quelques traités
peu étendus, il passa laborieusement le reste de sa
vie à correspondre sur toutes sortes de sujets avec
ses amis et ses admirateurs.

Ces lettres, destinées à la publicité, n'appartiennent souvent au genre épistolaire que par la forme :
ce sont alors des dissertations plus ou moins sérieuses, et dont la politesse ou le ton badin n'exclut
pas la solidité. Sous ce rapport, on pourrait les comparer à nos articles de journaux. Écrites de même
dans le but d'éclairer l'opinion ou de réformer le goût,
elles circulaient presque aussi rapidement, tant on

les recherchait, et l'influence du grand épistolier était
a peu près celle d'un feuilletoniste en crédit. Ainsi
s'explique le soin avec lequel chacun de ces petits
morceaux était travaillé. Balzac et Voiture consacraient souvent quinze jours à composer leurs lettres
les plus courtes, et la Bruyère doutait qu'on pût jamais mettre dans ce genre d'ouvrages « plus d'esprit,
plus de tour, plus d'agrément et plus de style. »
Mais ce soin extrême excluait le naturel : à force de
vouloir dire toutes choses avec distinction, l'écrivain
tombait souvent dans l'hyperbole ou dans la recherche, et, suivant la remarque de M. Villemain, ces
défauts sont demeurés sur le compte de Balzac, tandis
que ses qualités, devenues la propriété commune de
la prose oratoire, ont cessé pour nous d'appartenir à
lui.

Si la renommée de l'écrivain s'est ainsi trouvée
amoindrie, celle du philosophe a pâli bien davantage, car la raison publique a consacré depuis longtemps les maximes qu'il développait, comme la langue
littéraire a conservé la forme dont il les avait revêtues. Ce n'étaient d'ailleurs ni des idées nouvelles ni
un corps de doctrine régulièrement disposé. Les
vérités morales et politiques les plus générales et les
plus fécondes sont les seuls principes auxquels il
s'attache. Il n'invente pas, et ce qu'il recueille même
est assez peu étendu; mais il le choisit bien, et il lui
donne autant d'éclat que de force. Il aime à enseigner
une sorte de morale politique universelle, dont il fait
l'application au monde contemporain dans quelques
petits ouvrages qui rappellent par leur forme les
traités philosophiques de Cicéron. Si ces ouvrages,

intitulés *Aristippe, le Prince, le Socrate chrétien*
et *le Barbon*, ne sont pas exempts de flatterie envers
le monarque et le ministre, il y montre du moins une
certaine indépendance de pensée qui élève souvent
son opinion au niveau des âges suivants. Il fait
preuve de lumières et de tolérance dans ses Discours
sur divers sujets de morale et de littérature, qui ne
diffèrent de ses lettres que par un peu plus de longueur. On lui a reproché de n'avoir jamais composé
de livre de quelque importance, ce qui s'explique par
la simplicité et l'évidence des notions qu'il développait. Mais ces lieux communs, — car tel est le nom
qui leur conviendrait aujourd'hui, — prennent sous
sa plume la nuance que demande l'époque, et ré-
pondent ainsi aux besoins de la société. Balzac n'a
peut-être pas résolu un seul des problèmes devant
lesquels reculait Montaigne et s'arrêtait Charron.
Cependant il a foi dans la morale et dans la sagesse
humaine, il en prêche les maximes avec assurance et
sérénité. il a de l'enthousiasme pour ce qui est grand,
de l'amour pour ce qui est bien. Dans quelques morceaux de philosophie religieuse, il peut être comparé
à Bossuet sans trop de désavantage; dans ses *Maximes
politiques,* il se rapproche déjà de Fénélon. En voici
une que l'auteur de *Télémaque* n'eût pas désavouée :
« Ce n'est pas tant de la pureté de l'air et de la fécondité de la terre que l'année doit être estimée bonne,
que de l'élection des bons magistrats. »

L'influence de ce grand prosateur sur son siècle
eut donc un double caractère : comme bel esprit, il
fut le modèle et le chef de tous ceux qui mirent leur
mérite dans l'élégance du langage et dans le tour in-

génieux des idées; comme penseur, il précéda dans les
voies du progrès les génies plus puissants qui devaient s'élever au-dessus de lui et le faire oublier.

Cette dernière gloire fut propre à Balzac : il partagea l'autre avec un épistolier plus frivole, mais aussi
ingénieux. C'était le célèbre Voiture, bel esprit qui
n'avait ambitionné que de petits succès, et qui dans
une société orgueilleuse se faisait pardonner l'obscurité de sa naissance par l'agrément de son entretien.
Il y acquit à la fin assez de crédit pour traiter fami-
lièrement les plus grands personnages, et aux lettres
badines qui lui avaient valu la bienveillance des dames,
nous voyons succéder un panégyrique semi-officiel du
gouvernement de Richelieu (*Lettre sur la prise de
Corbie*). Mais quoique ce morceau, écrit avec fermeté,
montre assez que son talent n'était pas au-dessous
d'une tâche sérieuse, il ne s'écarta que cette fois du
genre qui lui était ordinaire. On dirait même que son
goût le portait à choisir de préférence les sujets les
plus petits et les plus frivoles. Quand il s'élève un
peu plus haut, il réussit à captiver par son enjouement, sa finesse et sa grâce, mais il manque presque
toujours de naturel. Il y a toutefois plus de recherche et de raffinement dans ses lettres que dans ses
poésies, qui, à côté de beaucoup de négligences,
présentent quelques traits fins et délicats. Elles
offrirent un modèle plus facile à cette foule de beaux
esprits paresseux qui n'avaient que des inspirations
d'un moment et qu'effrayait la versification étudiée de
l'école de Malherbe. Aussi leur célébrité était-elle
encore si grande dans la jeunesse de Boileau, que cet
intrépide réformateur s'inclina devant elle. Il écri-

vait en 1667, dans la plus parfaite de ses satires,
que

> Sur le mont sacré
> Qui ne vole au sommet tombe au plus bas degré,
> Et qu'à moins d'être au rang d'Horace ou de Voiture,
> On tombe dans la fange avec l'abbé de Pure.

Il y a peu de morceaux de Voiture qui paraissent
encore non pas justifier, mais excuser cet engouement. Le plus fameux de tous, son sonnet sur la
belle Uranie, est un madrigal du goût le plus fade
sur les perfections d'esprit qui ont captivé la raison
du poëte, tandis que l'amour s'emparait de son cœur.
Quelques stances d'un ton un peu familier, qu'il avait
improvisées pour la veuve de Louis XIII, méritent de
beaucoup la préférence, sans être assez remarquables
pour que nous les rapportions ici.

Dans ce genre de talent il eut pour rival un autre
versificateur aujourd'hui profondément oublié, mais
qui n'en fut pas moins le plus à la mode et le mieux
récompensé de son temps. C'était Benserade, dont
les petits vers offrent une facture aussi imparfaite,
mais une galanterie plus raffinée. Ils eurent le privi-
lége de charmer une reine espagnole (Anne d'Autri-
che) et un ministre italien (le cardinal Mazarin), qui
se vantait d'en avoir composé de pareils dans sa jeunesse. Louis XIV, à son tour, fut enchanté des devises
ingénieuses que Benserade faisait pour ses fêtes et
ses ballets. Il lui donna dix mille livres pour payer
les gravures de ses *Métamorphoses d'Ovide* mises en
rondeaux (1676). Mais cet ouvrage, aussi pitoyable
par le dessein que par l'exécution, dessilla les yeux
du public. L'écrivain, que la cour tenait encore pour

spirituel et brillant, fut reconnu puéril et ridicule, et
après avoir été si longtemps en crédit, il se trouva
réduit à chercher dans la retraite un refuge contre le
mépris où il était tombé.

Les tragédies de Benserade, ouvrage de sa jeunesse, sont parfaitement oubliées. Parmi ses sonnets,
on en remarque un sur Job, qui avait fait les délices
de la meilleure société, et qui se termine en effet par
un trait assez délicat :

> S'il souffrit des maux incroyables,
> Il s'en plaignit, il en parla :
> J'en connais de plus misérables.

C'est à quelques stances dans ce goût, tournées
avec assez de grâce, mais déparées souvent par l'affectation, que se bornent les titres réels de ce repré-
sentant de la galanterie banale et de la frivolité raffinée;
mais avec ce léger bagage il avait pu atteindre à la
renommée et à la fortune, jusqu'à ce que la raison
trop longtemps négligée reprît enfin ses droits.

Un peu plus de bon sens et de solidité distingue
un autre poëte de l'école de Voiture, Sarrazin. Il
avait en lui, si nous en croyons Boileau, « la matière
d'un très-bon esprit; mais la forme n'y était pas. » Il
s'était élevé assez haut dans une ode sur la bataille de
Lens, où l'inspiration lui avait dicté quelques strophes magnifiques, quoique la négligence et le manque d'art percent dans le reste de la pièce. Ses poésies
légères, quelquefois spirituelles, souvent de mauvais
ton et de mauvais goût, ne brillent que par la verve
facile qu'il y déploie. Il a pourtant des lueurs passa-
gères de talent dans ses ouvrages en prose; mais il y

montre à peu près les mêmes défauts, et son *Histoire de Wallenstein,* qui est le principal, n'offre guère que des peintures apprêtées et chargées de faux ornements.

Le culte de l'élégance factice et des agréments frivoles n'excluait pas cependant chez quelques beaux esprits du grand monde une certaine force de la pensée, parfois même l'union de la finesse à la raison. Ce dernier mérite distingue les meilleures pages de Saint-Évremont, versificateur inégal et souvent d'une faiblesse étrange, mais écrivain auquel on ne peut refuser, malgré la frivolité de ses habitudes et de son caractère, du goût, du savoir et de l'observation. Florissant un peu après Balzac et Voiture (il était né en 1613), il étudie moins son style; mais il déploie, quand son ton devient sérieux, une grâce naturelle, et une aisance qui n'est pas sans noblesse. De la morale pratique qu'il s'était faite, une partie consistait dans une douce modération, qui attacherait à lui s'il n'y joignait des théories épicuriennes difficiles à excuser. « La sagesse, disait-il, ne nous a été donnée que pour ménager nos plaisirs. » Là revient à peu près toute sa doctrine, qu'il expose pourtant avec assez de grâce et de subtilité pour donner quelque intérêt à ses plus dangereux sophismes. Ses observations sur Salluste et sur Tacite, et sur les divers génies du peuple romain, montrent qu'il avait su pénétrer plus avant que la plupart de ses contemporains dans le sens philosophique de l'histoire. Il entrevoit les leçons que la science y puisera quand la raison guidera la critique, mais il a trop peu de profondeur pour atteindre lui-même beaucoup au delà de la superficie. Un badinage fin et mordant caractérise

quelques-uns de ses opuscules, et surtout sa comédie
des *Académistes* ; mais le meilleur de ceux qui portent son nom (la conversation du père Canaye avec le
maréchal d'Hocquincourt) ne paraît pas de lui.

A côté de ce courtisan épicurien nous rencontrons
un grand seigneur moraliste, dont la morale n'est
pourtant ni celle de la nature ni celle de la science,
mais simplement celle de la société où il vivait. Aussi
peut-on considérer comme mal conquise la place qu'il
occupe parmi les hommes de doctrine, et c'est par
erreur, croyons-nous, que le duc de la Rochefoucauld
se trouve ordinairement classé ailleurs qu'entre les
beaux esprits de son temps. Son livre des *Maximes*,
dont il ne faut pas s'exagérer la portée, est une suite
de paradoxes contre la vertu, tirés de l'observation
des vices du monde. Il les revêt de formes vives et
piquantes, mais avec si peu de rigueur logique que,
tout en dépouillant l'homme de la vertu et de l'amour
du bien, il n'entend pas blesser les idées religieuses
dont il est lui-même pénétré. Le scepticisme qu'il
porte dans la morale n'émane donc pas d'un véritable sceptique : c'est simplement le cri d'indignation
d'une âme où l'expérience a soulevé le sentiment
le plus amer, mais le moins raisonné, le mépris de
l'homme. Voltaire, qui fait l'éloge de son ouvrage,
avoue lui-même qu'il n'y trouve qu'un principe,
« qui est que l'amour-propre est le mobile de tout, »
et dit que c'est moins un livre que des matériaux pour
orner un livre. Mais si la Rochefoucauld ne fait
guère autre chose que broder avec infiniment d'esprit, d'art et de finesse, le thème qu'il a choisi et qu'il
étend fort peu, en revanche une foule d'aperçus in-

génieux, de détails habilement saisis, de traits délicats et profonds, viennent briller à chaque ligne. Sa
manière est toujours nette et précise, souvent d'une
merveilleuse énergie. On a rapporté que des personnes d'esprit et de distinction, qui se réunissaient
quelquefois chez l'auteur des *Maximes*, s'évertuaient
avec lui à donner le tour le plus fin, l'éclat le plus vif
à chaque pensée. Vraie ou fausse, cette anecdote peint
assez bien la manière dont le livre est écrit. Tout y
vise à l'effet plus encore qu'à la justesse. Quelquefois
même la vivacité de l'image ou le piquant de l'anti-
thèse fait presque oublier que la maxime a une si-
gnification plus profonde qu'un simple trait d'esprit.
Telles sont les suivantes qu'on cite parmi les meilleures : « Le soleil ni la mort ne se peuvent regarder
fixement. » — « Il y a des reproches qui louent et des
louanges qui médisent. »

Cependant la Rochefoucauld est un des prosateurs
qui semblent avoir le plus contribué à l'amélioration
du style et du goût. Sa concision nerveuse, son langage expressif, la variété des nuances qu'il excelle
à faire ressortir, le placent au premier rang comme
écrivain. La célébrité de ses *Maximes* est surtout
justifiée par ce mérite littéraire qui en fait la valeur
réelle. Il brille aussi, dans ses *Mémoires*, dont le
succès, d'abord presque aussi grand, fut moins durable. L'esprit que le penseur avait déployé ne pouvait pas remplacer la justesse et la profondeur qui
manquaient à l'historien.

Non-seulement la langue littéraire se perfectionnait
chaque jour dans les ouvrages de cette époque, mais
encore le langage de la société acquérait de la délica-

10.

tesse et de la distinction. Il y avait, suivant l'expression d'une contemporaine, des dames qui tenaient
à honneur de recevoir la bonne compagnie, et des
personnes qui par l'agrément de leur esprit en faisaient le charme. L'hôtel de Rambouillet, où Voiture
tint longtemps le sceptre du badinage fin et de la politesse élégante, offrait le plus célèbre de ces cercles
en réputation, et l'on s'y piquait de raffinements aussi
bien dans les mots que dans les pensées. Par malheur,
le génie espagnol dominait encore dans ce monde si
voisin de la cour, et il y portait, avec une galanterie
fastueuse et chevaleresque, toutes les exagérations du
faux goût, toutes les subtilités de la fausse délicatesse. Les femmes surtout se piquaient de ce titre de
précieuses que Molière devait ridiculiser ; et si la
langue gagna quelque chose à cette recherche, comme
nous l'avons déjà dit, la raison publique ne laissa
pas que d'en souffrir : car le déréglement des ima-
ginations conduisait au plus étrange abus de tous
les sentiments.

Les entretiens à la mode étaient, suivant l'expression du cardinal de Retz, des combats spirituels où
l'on parvenait à ne se point entendre. Ils roulaient
presque toujours sur des sujets tendres ou passionnés, véritables problèmes de métaphysique galante,
dont l'esprit s'habituait à sonder témérairement toutes les profondeurs. Une analyse subtile y confon-
fondait, sous prétexte de les séparer, les limites des
affections et des devoirs. On proscrivait hautement
le vice ; mais on élevait des autels à la passion dans le
fond des cœurs, et on y faisait brûler un encens dont
la fumée n'en était pas moins enivrante, quoiqu'elle

allât se perdre dans les nuages. C'était le sentimentalisme de Racan et de d'Urfé, recevant avec le culte
d'une société efféminée les hommages de la littérature et ceux même de la science, quand la science
abjurait sa dignité pour se faire accueillir de la mode
sous les auspices de l'amour-propre et de la flatterie.

Des romans d'un caractère chimérique naquirent
de ce déréglement d'imagination, et furent reçus avec
faveur par la société dont ils offraient l'écho. Ils tenaient le milieu entre le genre chevaleresque et les
fictions pastorales de l'*Astrée*. C'était évidemment ce
dernier ouvrage qui leur avait servi de modèle ; mais,
comme le fait remarquer Boileau, les imitateurs, en
s'efforçant d'enchérir sur l'original, substituaient aux
bergers de d'Urfé les plus grands personnages de
l'histoire. Ils leur prêtaient, avec des aventures aussi
fabuleuses, des passions aussi tendres, mais en outre
une grandeur de sentiments et de courage digne de
l'épopée. Les situations délicates où l'écrivain avait
soin de les placer lui permettaient de mettre dans leur
bouche tous les raffinements de galanterie et d'honneur dont se piquait la belle compagnie. Les portraits
même des dames les plus admirées trouvèrent place
dans ce genre de fictions, qui admettait, comme les
contes orientaux, une variété infinie de personnages
et d'épisodes. De 1640 à 1670, leur vogue se soutint
dans toute sa force. L'admiration sympathique du
lecteur s'effrayait peu de leur étendue exagérée ; car
les dix volumes qui en formaient la mesure ordinaire
servaient de cadre à une foule d'allusions, d'anecdotes
contemporaines, de dissertations empruntées aux
salons illustres.

La Calprenède et mademoiselle de Scudéry se partagèrent la palme de l'invention dans ce genre. Le premier, auteur de plusieurs tragédies médiocres, parvint à la célébrité par le roman de *Cléopâtre*, que ses admirateurs ont comparé à une épopée en prose. Il y jeta une foule de figures fantastiques, assez habilement conçues, mais dont tous les traits sont démesurés, et c'est de ses héros que le satirique devait dire :

Tout a l'humeur gasconne en un auteur gascon !

Quant à mademoiselle de Scudéry, sœur du poëte, et que ses amis surnommèrent Sapho, on louait surtout la profondeur de sentiments qu'elle prêtait à ses personnages, et sa science des belles passions. Ses ouvrages les plus fameux furent *Artamène ou le grand Cyrus* (1650), et *Clélie* (1660). De tout ce qu'on y admirait de raffiné, il ne reste plus que le souvenir de son ingénieuse carte du pays du Tendre où la théorie de l'amour prenait une forme géographique.

C'était peu de briller dans les romans : ces modèles de l'héroïsme amoureux furent transportés sur la scène tragique, et n'y furent pas accueillis avec moins d'enthousiasme. Aux grands noms de l'antiquité succédèrent *Orondate*, *Polexandre*, et tous les héros imaginaires qui charmaient les loisirs d'une société désœuvrée. Ils disputèrent le théâtre à la tragédie historique, et ce crime, que la satire fit expier plus tard à leurs auteurs, devint si général, que l'auteur de *Cinna* y laissa tomber son jeune frère Thomas Corneille. Ce dernier, en effet, après quelques comé-

dies d'un genre peu élevé, osa composer *Timocrate*,
tragédie tirée du roman de *Cléopâtre*, et dont le
héros est lui-même le défenseur de la belle ennemie
qu'il tient assiégée. Le goût du moment fit réussir
cette pièce extravagante (1656), et elle eut tant de
représentations que les comédiens s'en lassèrent avant
le public.

Mais le style du jeune Corneille n'avait pas encore
ce ton de galanterie subtile et passionnée qui était
propre aux héros de la Calprenède et de mademoiselle
de Scudéry. Il manquait un poëte tragique chez qui

> Jusqu'à : *Je vous hais*, tout se dît tendrement.

Ce poëte se trouva en Quinault, et sa jeunesse pouvait lui servir d'excuse. Fils d'un boulanger, il avait ren-
contré un protecteur littéraire en Tristan l'Hermite,
dont la *Mariamne* se soutenait encore au théâtre.
A dix-huit ans, il donna sa première comédie ; à
vingt et un, une tragédie et une tragi-comédie, toutes
deux en cinq actes. Le langage qu'il y parlait ne pouvait être que celui des romans, et ce fut précisément
là ce qui en fit le succès. L'action et le plan se ressen-
taient de la même origine : c'étaient des sujets bizar-
rement compliqués, et dont la conduite augmentait
l'invraisemblance. Cependant Voltaire a signalé de
belles scènes dans son *Astrate*, si amèrement criti-
quée par Boileau : il ne manque à l'auteur que de
savoir prendre un ton moins langoureux et donner
de la force aux passions dont il exagère la délicatesse.
Ce défaut, qui pour la foule n'était qu'un mérite de
plus, explique l'acharnement avec lequel Quinault

fut bientôt attaqué par le réformateur du goût : la
contagion de l'exemple et du succès était dangereuse.
Mais le jeune poëte ne tarda pas à changer de route.
Le drame lyrique, que la magnificence royale se plai-
sait alors à relever, lui offrit une tâche plus conforme
à la nature de son talent et aux habitudes de son
esprit. Il pouvait chanter la tendresse dans ses opéras,
sans blesser le génie moins sévère de ce genre
de poëmes, à qui la raison même accorde plus d'indulgence. Il y excella, de l'aveu de tous les critiques,
et de Boileau lui-même : seulement celui-ci n'en
convint que dans sa vieillesse.

Tant d'incertitude dans le goût public, tant de talents entraînés dans une fausse direction, tant de
progrès balancés par tant d'erreurs, nous révèlent ce
qui arrêtait encore le développement littéraire de
cette grande époque : la sagesse manquait à son génie.
Et, en effet, c'est aux dépens de la raison méconnue
que l'imagination se livrait à ces rêves insensés, que
la vanité se complaisait dans ces faux brillants. Le
bon sens national, que blessaient le règne du bel esprit
et celui du sentimentalisme, semblait n'avoir plus la
force de lutter contre les arrêts capricieux de la
mode.

Mais au-dessous de cette société brillante et polie
qui commandait à l'opinion élégante et à la littérature
poétique, un mouvement intellectuel d'une force et
d'une profondeur remarquables s'accomplissait dans
les classes d'élévation moyenne, et surtout parmi
celles dont l'instruction était la plus solide. A ce mouvement progressif s'associaient tous les hommes de
doctrine et de réflexion, la magistrature savante, une

partie du clergé et l'élite de la France lettrée, à prendre ce mot dans le sens le plus étendu. C'était parmi
ces esprits graves et déjà éclairés que les doctrines
philosophiques, les idées nouvelles, les conquêtes
journalières de la science trouvaient un retentissement utile. Ce monde de la pensée, qui devait finir
par dominer celui de l'imagination, s'étendait à mesure
que les connaissances se répandaient, et fixa enfin la
marche du XVII⁰ siècle.

APPENDICE.

Monseigneur,

L'espérance qu'on me donne depuis trois mois que vous devez passer tous les jours en ce pays m'a empêché jusqu'ici de vous écrire, et de me servir de ce seul moyen qui me reste de m'approcher de votre personne.

A Rome, vous marcherez sur des pierres qui ont été les dieux de César et de Pompée; vous considérerez les ruines de ces grands ouvrages, dont la vieillesse est encore belle, et vous vous promènerez tous les jours parmi les histoires et les fables. Mais ce sont des amusements d'un esprit qui se contente de peu, et non pas les occupations d'un homme qui prend plaisir de naviguer dans l'orage. Quand vous aurez vu le Tibre, au bord duquel les Romains ont fait l'apprentissage de leurs victoires, et commencé ce long dessein qu'ils n'achevèrent qu'aux extrémités de la terre; quand vous

serez monté au Capitole, où ils croyaient que Dieu était
aussi présent que dans le ciel, et qu'il avait enfermé le
destin de la monarchie universelle; après que vous aurez passé au travers de ce grand espace qui était dédié
aux plaisirs du peuple, je ne doute point qu'après avoir
regardé encore beaucoup d'autres choses, vous ne vous
lassiez à la fin du repos et de la tranquillité de Rome.

Il est besoin, pour une infinité de considérations im-
portantes, que vous soyez au premier conclave et que
vous vous trouviez à cette guerre qui ne laisse pas d'être
grande, pour être composée de personnes désarmées.
Quelque grand objet que se propose votre ambition,
elle ne saurait rien concevoir de si haut, que de donner
en même temps un successeur aux consuls, aux empereurs et aux apôtres, et d'aller faire de votre bouche
celui qui marche sur la tête des rois et qui a la conduite
de toutes les âmes.

**Lettre de Voiture à une abbesse, pour la remercier d'un chat qu'elle
lui avait envoyé.**

Madame,

J'étais déjà si fort à vous que je pensais que vous
deviez croire qu'il n'était pas besoin que vous me ga-
gnassiez par des présents, ni que vous fissiez dessein
de me prendre comme un rat, avec un chat. Néan-
moins, j'avoue que votre libéralité n'a pas laissé que de
produire en moi quelque nouvelle affection, et s'il y
avait encore quelque chose dans mon esprit qui ne fût
pas à vous, le chat que vous m'avez envoyé a achevé de

le prendre, et vous l'a gagné entièrement. C'est, sans
mentir, le plus beau et le plus agréable qui fut jamais :
les plus beaux chats d'Espagne ne sont que des chats
brûlés au prix de lui; et Rominagrobis même (vous
savez bien, madame, que Rominagrobis est le prince des
chats) ne saurait avoir meilleure mine, et ne sentirait
pas mieux son bien. J'y trouve seulement à dire qu'il
est de très-difficile garde, et que, pour un chat nourri en
religion, il est fort mal disposé à garder la clôture. Il ne
voit point de fenêtre ouverte, qu'il ne s'y veuille jeter;
il aurait déjà vingt fois sauté les murailles, si on l'avait
laissé faire, et il n'y a point de chat séculier qui soit plus
libertin ni plus volontaire que lui. J'espère pourtant que
je l'arrêterai par le bon traitement que je lui fais : je ne
le nourris que de fromage et de biscuits. Il commence
déjà à s'apprivoiser ; il me pensa hier emporter une
main en se jouant. C'est, sans mentir, la plus jolie bête
du monde; il n'y a personne en mon logis qui ne porte
de ses marques. Mais quelque aimable qu'il soit de sa
personne, ce sera toujours en votre considération que
j'en ferai cas, et je l'aimerai tant, pour l'amour de
vous, que j'espère que je ferai changer le proverbe et
que l'on dira dorénavant : Qui m'aime, aime mon chat.
Si, après ce présent, vous me donnez encore le corbeau
que vous m'avez promis, et si vous voulez m'envoyer
un de ces jours Poncette dans un panier, vous vous
pourrez vanter de m'avoir donné toutes les bêtes que
j'aime, et de m'avoir obligé de tout point d'être toute
ma vie

Votre, etc.

CHAPITRE XV.

LE MOUVEMENT DES INTELLIGENCES. — DESCARTES. — LES
ÉCRIVAINS DE PORT-ROYAL. — PASCAL.

Le scepticisme difficile à surmonter. — Descartes. — Sa *Méthode*. —
Ses *Principes de philosophie*. — Influence universelle de ses doc-
trines.— Les écrivains de Port-Royal. — Leurs ouvrages classiques.
— Leur lutte contre les jésuites. — Le jansénisme. — Pascal. — *Les
Provinciales*. — Ses *Pensées*. — Le jansénisme après lui.

Le scepticisme était le terme auquel s'était arrêtée
la philosophie de l'âge précédent, terme fatal dont
l'intelligence humaine se détourne instinctivement,
quand elle n'est pas assez puissante pour le dépasser,
mais au delà duquel le raisonnement philosophique
s'efforçait vainement d'atteindre. Depuis longtemps
toutes les autres sciences étaient en progrès : toutes
tendaient à éclairer la raison, à fortifier la pensée;

mais la science de la pensée et de la raison restait au
même point, et refusait aux autres la lumière qui lui
manquait encore. Ainsi se trouvait invinciblement
retardée la marche de l'esprit humain ; il n'arrivait à
la vérité que par des routes indirectes, ténébreuses,
fortuites, et même, quand il l'avait reconnue, il ne la
saisissait pas nettement.

Ce fut René Descartes, le plus grand des philosophes français, qui ouvrit enfin à l'intelligence des voies
lumineuses et sûres, dont elle ne devait plus s'écarter
après lui.

Ce penseur illustre, né dans les dernières années
du xvie siècle (1596), vivait hors de France, croyant
trouver en Hollande plus de repos et de liberté. Il
n'écrivit pas toujours en français, le latin étant alors
la langue des sciences. Il se plaint même quelquefois
de son inhabileté à manier son idiome maternel, ce
qu'il attribuait avec un peu d'humeur à l'étude qu'on
lui avait fait faire, dans sa jeunesse, des langues mortes.
Aussi nulle ambition d'élégance ne perce-t-elle dans ses
ouvrages, et son langage a-t-il même quelque chose
de plus rude et de plus ancien que celui des littérateurs de son temps. Mais le livre où il fonda sa doctrine, le *Discours sur la Méthode*, publié en 1637,
n'en est pas moins un monument littéraire des plus
majestueux. Il n'y revêt pas, à proprement parler, les
formes techniques de la science : il se pose en homme
pour sonder les bases des connaissances humaines, et
la clarté que prend à ses yeux un sujet si vaste semble rejaillir sur sa parole. Il devient éloquent à force
de pensée, de justesse, de rigueur logique. Sa phrase,
dont le tour est pesant et les termes durs, rayonne

de vérité, quelquefois même d'esprit et de finesse. Il procède à la démonstration des lois du raisonnement par l'histoire des observations qu'il a faites sur lui-même, et ce récit fidèle est écrit avec une verve et une lucidité qui n'appartiennent qu'au génie dans ses moments de triomphe.

Sûr de ce qu'il vient enseigner, il n'hésite pas à ruiner tout l'édifice de la science établie. Le témoignage des sens et l'autorité des idées reçues sont les sources ordinaires des opinions humaines. Il les rejette toutes deux comme trompeuses, et se fait d'abord sceptique pour n'accepter que les notions dont il pourra se démontrer l'exactitude. Ce doute méthodique, sans lequel l'esprit ne saurait se dégager de l'erreur, Descartes n'y était parvenu qu'avec peine, et il avoue « qu'il n'est pas aussi aisé à un homme de se défaire de ses préjugés que de brûler sa maison. » Mais il ne l'a conquis que pour en sortir. Il lui suffit d'avoir trouvé en lui-même une seule notion incontestable, celle de l'existence de sa pensée: pour saisir et remuer le monde extérieur, il n'a besoin, comme un autre Archimède, que de ce point d'appui indépendant. Sa méthode de raisonnement fera le reste; non qu'elle soit neuve, puisqu'il l'emprunte, comme il le dit, aux mathématiques, mais il en déploiera le premier la puissance irrésistible. Elle éclate tout entière dans ses *Principes de philosophie,* où la notion de Dieu et celle de l'immortalité de l'âme sont établies par des preuves directes, que tout esprit peut trouver en lui-même quand il se contemple. C'était compléter l'affranchissement de l'intelligence en lui montrant qu'elle porte en elle la vérité qu'elle cherchait au dehors.

Nous n'avons pas à suivre ici le développement de
cette philosophie, aussi nette dans sa forme que les
doctrines antérieures étaient confuses, aussi sûre de sa
marche qu'elles étaient indécises, aussi forte qu'elles
étaient impuissantes. Encore moins nous arrête-
rons-nous aux magnifiques découvertes de Descartes
dans les sciences et à l'audace de ses conjectures sur
le système de l'univers. Quelque intérêt que présentent ses efforts pour porter là aussi la lumière, ils ne
devaient pas exercer la même influence sur l'état des
esprits. Sa gloire universelle, incomparable, c'est
d'avoir émancipé la raison en lui donnant les armes
par lesquelles elle devenait invincible.

Ce n'était point avec l'espoir d'exciter l'attention
de ses contemporains, mais par un juste sentiment
du devoir, que Descartes avait publié le résultat de
ses méditations. Il ne comptait trouver qu'un petit
nombre d'approbateurs silencieux. Le résultat surpassa son attente. Les hommes les plus éminents dans
la magistrature, dans l'Église, dans les lettres, adop-
tèrent sans balancer sa méthode et ses principes. Les
beaux esprits y applaudirent, la bonne compagnie
s'en préoccupa : il se vit admiré jusque par les dames
et dans le monde brillant où il croyait ne pouvoir
exciter une curiosité frivole. Cet enthousiasme pour
les conquêtes de l'intelligence était le trait glorieux
de la société de cette époque, et se reproduisit en plus
d'une occasion. Le philosophe, de son côté, avait pris
intérêt au progrès littéraire représenté alors par Balzac. Il était en correspondance avec cet éloquent
écrivain, dont personne n'a jugé plus favorablement
que lui le talent et le caractère.

Les résistances même que souleva le cartésianisme contribuèrent à répandre les notions philosophiques, qui n'étaient familières jusqu'alors qu'aux penseurs et aux savants. On est surpris de les voir si vulgarisées, vingt ans après, qu'elles règnent dans le grand monde. « Ma fille, dit madame de Sévigné, est la fille de Descartes ; » et la Fontaine écrit :

> Descartes, ce mortel dont on eût fait un dieu
> Chez les païens, et qui tient le milieu
> Entre l'homme et l'esprit . . . . .

L'université de Paris s'opiniâtra seule à proscrire la réforme et le nom du réformateur : elle était du passé, où elle avait ses racines, et quand les corps savants ne marchent pas en avant de leur siècle, ils sont les derniers à en suivre l'impulsion. Le cartésianisme fut persécuté dans les écoles : on essaya même, vers 1672, de le faire proscrire par le parlement. Mais l'opinion arrêta cette tyrannie et ces cabales : elle avait reconnu qu'elles étaient dirigées, non pas contre une doctrine particulière, mais, suivant l'heureuse expression de Boileau, contre *une inconnue, nommée la Raison*, qui venait assujettir à son examen toute science, toute pensée, toute œuvre de l'esprit. En effet, si jusqu'à Descartes le principe du doute et de l'ignorance avait prévalu, ce fut celui de la certitude et de la vérité qui devint le plus puissant dès que l'intelligence eut appris à en faire usage.

A partir de ce moment, tout devait tendre au règne de l'ordre et de la raison, et tel fut l'esprit qui ne tarda pas à se manifester dans l'ensemble de la litté-

rature. Nous retrouverons la métaphysique de l'auteur
des *Principes* chez Bossuet et chez Fénélon, sa logique chez tous les penseurs qui viennent après lui.
Mais, sans entrer dans les détails de ce grand mouvement imprimé par un seul homme à son siècle, nous
nous attacherons au groupe d'écrivains qui porta le
premier dans les lettres, dans l'enseignement et même
dans la controverse, le génie de la philosophie nouvelle.

Parmi les contemporains de Descartes, il n'en est
point qui semblent avoir contribué plus puissamment
à éclairer leur époque, à étendre et à féconder ses
connaissances, à lui imprimer un caractère de sagesse
et de force, que les écrivains de Port-Royal. C'était
une réunion d'hommes d'élite, savants aussi laborieux
que sectaires ardents et inflexibles, que la conformité
d'opinions religieuses, d'études graves et de travaux
assidus avait portés à vivre ensemble dans la retraite. L'ancien monastère de Port-Royal des Champs,
près de Paris, où ils se fixèrent vers 1637, devint
comme un foyer de doctrines sévères et fortes, bien
qu'il s'y mêlât des erreurs théologiques qui devaient
avoir un long retentissement. A l'étendue du savoir
ils joignaient cette rigueur du raisonnement qui affermit la marche de l'intelligence, quelque direction
qu'elle suive, et même quand elle se trouve égarée.
Eux s'occupaient avant tout de théologie ; mais au-
dessous de cette science suprême, leur attention s'attachait à toutes celles qui agissent sur l'esprit humain.
Cartésiens en philosophie, ils voulurent aussi porter
l'ordre et la méthode dans les connaissances qui font
l'objet de l'enseignement général, car ils avaient

commencé à s'adonner à l'éducation de la jeunesse.
Antoine Arnaud, esprit vigoureux, profond, infati-
gable, qui était en quelque sorte leur chef, et que les
contemporains appellent le grand Arnaud, publia la
Logique de Port-Royal ou l'art de penser, et la
Grammaire raisonnée. De ces deux ouvrages, dont
la solidité est encore admirée aujourd'hui, le premier
surtout était un chef-d'œuvre, qui, en aplanissant les
abords de la science, consolidait ses bases réelles et
mettait à jour ses lois simples, précises, lumineuses.
Les *Éléments de géométrie* du même auteur, et les
Méthodes latine et grecque dites *de Port-Royal*,
dues à Claude Lancelot, achevèrent de tracer un cadre rationnel d'études classiques. C'était le triomphe
du bon sens sur le pédantisme, et le triomphe du bon
sens devait amener la réforme du goût. Les écrivains
de Port-Royal ne firent cependant que la préparer ;
car ils ne sont remarquables que par la pensée et non
par la forme. Mais ils surent repousser les faux ornements du bel esprit et imiter les anciens, sinon dans
la perfection de leur style, du moins dans sa simplicité. Arnaud indiqua même le premier, dans ses *Réflexions sur l'éloquence des prédicateurs*, quelle
manière devait adopter l'art chrétien. S'il ne sut pas
toujours se préserver de la pesanteur et de la diffusion, il trouva un peu plus tard en Nicole un collabo-
rateur dont la clarté, l'élégance naturelle et la douceur pouvaient servir de modèle.

Mais la controverse devait ajouter un éclat plus
vif, sinon aussi pur, à celui que de pareils travaux
attachaient au nom de ces doctes solitaires. Ils avaient
adopté un système théologique, né autrefois dans

l'école de Louvain, et qu'on désigna sous le nom de *jansénisme*, parce qu'il se trouvait développé dans un livre de Jansénius, évêque d'Ypres. Ce système, émané d'opinions plus anciennes et déjà condamnées, faisait l'homme esclave du mal et incapable de tendre au bien sans une sorte de secours gratuit et presque miraculeux de la Divinité. C'était, à quelques égards, la doctrine fataliste de Calvin, mais appliquée avec plus de réserve. Elle avait été apportée en France par l'abbé de Saint-Cyran, génie sombre et rigoureux, qui, dans son langage passionné, accusait les autres théologiens de relâchement, de faiblesse, de corruption. Il s'attaquait surtout à l'ordre des jésuites, qui était alors dans tout son éclat et dans toute son autorité, mais dont les casuistes avaient souvent poussé jusqu'à ses dernières limites le principe de l'indulgence. Déjà cet ordre avait lutté en Belgique contre les prédécesseurs de Jansénius, et peut-être au contraste des doctrines se mêlait-il, de la part de Saint-Cyran, quelque souvenir de ces vieilles animosités.

Les rigueurs dont ce dernier ne tarda pas à devenir la victime n'effrayèrent point Arnaud, qui aux mêmes opinions joignait à peu près le même caractère. Il prit l'offensive en 1643 par son livre *de la Fréquente Communion*, évidemment dirigé contre les habitudes de dévotion enseignées par les jésuites, et que ceux-ci réussirent mal à défendre contre un écrivain aussi redoutable. Mais quelques années après, ses adversaires attaquèrent à leur tour cinq propositions, qu'ils avaient extraites du livre de Jansénius. Après les premières discussions, elles

furent soumises au souverain pontife, qui les con-
damna en 1653. Les écrivains de Port-Royal se
trouvèrent alors dans l'alternative de désavouer l'ouvrage qui exprimait leurs opinions, ou de se séparer
du chef de l'Église. Ils prirent un parti moyen, et dé-
clarèrent hérétiques les cinq propositions, mais en
niant qu'elles se trouvassent dans l'*Augustinus* de
l'évêque d'Ypres.

Cette distinction était d'une hardiesse étrange, et
de nature à porter atteinte au principe même de l'autorité pontificale. Car si Arnaud et ses amis avaient
lieu de soutenir que l'infaillibilité du pape ne s'étendait qu'aux questions de doctrine et non pas aux
points de fait, ils auraient dû reconnaître que le fait
et la doctrine se confondent quand il s'agit de l'appréciation d'assertions théologiques. Sommer leurs
adversaires et presque le pontife lui-même, car ils
en vinrent bientôt là, de leur prouver que Jansénius
eût dit ce que l'on condamnait dans son livre, c'était
engager une discussion sur un arrêt déjà prononcé.
Mais les hommes de Port-Royal s'étaient habitués,
presque à leur insu, à n'admettre d'autre puissance
que celle de la démonstration, et quand ils se virent
frappés par l'autorité, ils en appelèrent à la raison
publique.

Il ne manqua rien à l'audace de cet appel, ni la
vigueur des moyens de défense, car les jansénistes
résistèrent en attaquant, ni la publicité de la discussion, car ils la transportèrent de la Sorbonne parmi
la foule, et des livres de théologie dans le pamphlet.
Toutefois ce ne fut point à eux qu'appartint l'emploi redoutable de ce dernier moyen : un auxiliaire

leur était venu, qui devait en faire usage avec une
puissance qu'il ne se connaissait pas lui-même. C'était
Blaise Pascal, mathématicien célèbre, qui dès l'enfance s'était joué des difficultés de la géométrie, mais
dont le génie semblait être déjà lassé de la science
du calcul. Devenu l'ami des solitaires de Port-Royal,
et retiré par eux du scepticisme où son esprit avait
d'abord flotté, il épousa leur querelle avec une ardeur passionnée, s'en fit le champion et leur assura
la victoire.

Au commencement de l'année 1656, une brochure
anonyme d'une quinzaine de pages marqua l'apparition de ce combattant étranger qui descendait dans
l'arène théologique. Elle était intitulée : *Lettre
écrite à un provincial*, et représentait avec une
apparente simplicité ce qu'elle appelait « les disputes
de Sorbonne. » Pascal y mettait en scène les adversaires d'Arnaud, les accusant de déloyauté par leur
propre bouche, et retraçant avec une habileté digne
de Molière les diverses manœuvres à l'aide desquelles
ils comptaient obtenir sa condamnation. La partialité
de l'écrivain y était déguisée sous de faux ménagements, il couvrait son ironie amère d'un masque
piquant de naïveté, mais surtout il présentait aux
gens du monde un exposé si facile et en apparence
si exact de la controverse, que tous ceux qui la con-
naissaient mal voulurent le lire et se crurent suffisamment informés après l'avoir lu. A cette première
lettre en succédèrent d'autres, jusqu'au nombre de
dix-huit, qui pénétraient plus avant dans la question
à mesure que la lutte se poursuivait. Dès la quatrième, Pascal osa passer de la querelle du moment

à l'examen général des doctrines des jésuites, et, par malheur pour ceux-ci, leurs ouvrages donnaient prise à de graves accusations.

Il est impossible à un esprit calme de se persuader que de savants théologiens, comme l'avaient été Molina, Escobar et tant d'autres, la plupart révérés dans leur temps comme des modèles de sagesse et de piété, eussent voulu sciemment justifier le mal et enseigner le vice. Mais avec ce déréglement d'imagination, qui semblait alors marquer le caractère espagnol, ils s'étaient souvent jetés dans les subtilités les plus puériles et dans les écarts les plus inconcevables[1]. Leur théologie avait eu des raffinements portés si loin qu'ils s'y étaient égarés eux-mêmes, et elle admettait un principe qui pouvait conduire aux plus grands abus (le probabilisme). Par une indulgence naturelle mais dangereuse, l'ordre entier semblait soutenir avec leur vieux renom la valeur de leurs doctrines. Lors même qu'il ne les suivait pas, il répugnait à les renier, et il s'exposait ainsi à en être rendu responsable.

Or les hommes de Port-Royal n'ignoraient aucune de ces erreurs où étaient tombés les écrivains avoués par leurs adversaires. Il les mirent sous les yeux de Pascal, qui les exposa à son tour avec cette impétuosité de verve et cette vivacité de coloris auxquelles

---

[1] Une partie en était pourtant empruntée aux docteurs du moyen âge : une autre résultait de l'état des mœurs dans les pays du Midi. Pascal, qui ne fait grâce sur aucun point aux jésuites, présente tout sous l'aspect le plus odieux. L'époque où nous vivons permet, exige même, que nous jugions avec plus de modération que lui.

on reconnaît la fraîcheur des impressions. C'était pour lui comme une suite de révélations nouvelles qu'il confiait au lecteur avant que la réflexion en eût affaibli l'effet sur lui-même. Précis et serré, comme s'il parlait encore la langue des mathématiques, armé tour à tour de la logique la plus rigoureuse et de la raillerie la plus sanglante, il ruina pour jamais tout ce capricieux édifice des casuistes espagnols, qui aurait dû être abandonné depuis longtemps. Et lorsque ses ennemis atterrés lui reprochèrent d'abuser contre eux de l'ironie et du sarcasme, il s'éleva jusqu'au pathétique pour flétrir comme immoral cet enseignement défectueux et pour leur reprocher les persécutions qu'ils avaient appelées sur les jansénistes.

C'était la première fois qu'une cause de cette nature, portée au tribunal de l'opinion publique, y était plaidée si fortement. La défense fut aussi imparfaite qu'elle était difficile. Les jésuites n'étaient pas encore familiarisés avec la sévérité de méthode et d'argumentation introduite par Descartes. Au lieu d'un Bourdaloue que la génération suivante eût opposé à Pascal, ils ne trouvèrent que des apologistes sans vigueur et sans netteté, dont les déclamations rappelaient tout au plus la manière de Balzac. Leur ordre avait ses racines dans le Midi, et ses écrivains y cherchaient encore leurs modèles, tandis que l'esprit solide de la philosophie cartésienne, qui devait régner sur l'époque nouvelle, faisait déjà la force des hommes de Port-Royal.

A ne considérer *les Provinciales* qu'au point de vue littéraire, elles offrent une immense supériorité

sur tout ce que l'on avait écrit dans la première
moitié du XVIIe siècle. Pascal est aussi nerveux que
Descartes, mais avec infiniment plus d'élégance et de
concision : il a autant de variété, de finesse et de
profondeur que la Rochefoucauld, mais avec le naturel et la naïveté dont celui-ci est dépourvu. Quand
il s'anime et qu'il s'élève, il atteint au sublime sans
effort, laissant bien loin de lui Balzac, et rappelant
quelquefois Démosthène ; quand il descend à esquisser les ridicules, il égale Molière en profondeur et il
surpasse en atticisme Voiture et Saint-Évremont.
Ce grand esprit avait su s'approprier tout ce qu'il
avait trouvé de lumières dans chacun des foyers in-
tellectuels de son âge. Comme les cartésiens, il
avait pris aux sciences exactes leur méthode et leur
précision : du grand monde, auquel il n'avait pas été
étranger, il lui restait une délicatesse de goût qui
saisissait toutes les nuances de la pensée et du langage. Au commerce des solitaires de Port-Royal il
dut les idées de philosophie religieuse qui se déve-
loppèrent en lui, et sans doute aussi la profondeur
des notions qu'il déploya un peu plus tard sur toutes
les questions de théorie psychologique morale ou
littéraire. Il représente donc à lui seul ces divers
éléments de progrès qui se trouvaient acquis à son
époque et que la génération suivante devait re-
cueillir.

Après le combat qu'il avait livré pour le jansénisme, et où il s'était laissé un peu entraîner par
l'impulsion d'autrui, son âme se recueillit en elle-
même pour s'affermir dans l'intelligence de la religion et de la destinée de l'homme. Il voulait composer

un grand ouvrage pour démontrer le christianisme
en détruisant toutes les objections de l'incrédulité,
tous les doutes du scepticisme. Interrompu dans ce
travail par la maladie et par la mort, il n'en laissa
que des fragments détachés et incomplets, qui ont
été publiés sous le nom de *Pensées*. Mais c'est encore dans ces matériaux confus d'une œuvre inachevée que Pascal se montre le plus grand, car son âme
s'y est épanchée tout entière. Jamais homme n'avait
éprouvé des doutes plus profonds sur toutes les vérités de la religion et de la philosophie ; jamais esprit
plus rigoureux n'avait cherché la conviction avec une
attention plus défiante. Il l'a enfin trouvée, il s'y livre
avec une sorte de transport, il veut l'inspirer au reste
des hommes pour la confirmer en lui-même, et la
puissance de cette volonté semble doubler la force
de son génie. Le spectacle de l'univers, l'aspect de la
société, l'étude de l'homme et de ses œuvres, l'analyse
de ses facultés et de ses sentiments, tout lui sert à
compléter cette grande démonstration et à se rassu-
rer encore contre un reste d'effroi que lui a laissé
l'incertitude dont il est sorti. Son raisonnement aussi
net que profond a une vigueur irrésistible ; mais elle
ne lui suffirait pas s'il ne trouvait dans son cœur des
élans qui le raniment, et quand il vient d'embrasser
le monde d'un seul de ses regards, son dernier effort
est une prière et une larme.

Pascal avait acquis aux jansénistes la faveur de
l'opinion : après lui, la querelle reprit le caractère
d'une controverse théologique, quoique l'intervention
du pouvoir en augmentât la violence et le retentissement. L'opiniâtreté qu'ils y déployèrent et l'audace

de leur résistance à toutes les autorités préparèrent les esprits à cette indocilité plus menaçante que vit éclater le xviiie siècle. Mais quelle que fût la portée sociale de ce long débat, il n'offrit plus alors d'intérêt littéraire. Cependant les préoccupations de la lutte n'empêchèrent pas les hommes de Port-Royal de composer encore quelques ouvrages durables. De ce nombre furent le *Traité de la Perpétuité de la Foi*, par Arnaud et Nicole, et les *Essais de morale* de ce dernier. La religion et la philosophie n'avaient pas encore enrichi la littérature de livres plus admirés ; mais la vigueur d'Arnaud devait bientôt être effacée par celle de Bossuet, la douceur de Nicole par celle de Fénélon.

CHAPITRE XVI.

RÉFORME DE LA COMÉDIE. — MOLIÈRE.

La comédie après l'école de Ronsard.—Larivey.—Les premiers essais
de Corneille. — Son *Menteur*. — Pièces bouffonnes de Scarron et de
Thomas Corneille. — Molière. — Ses qualités distinctives. — *Les
Précieuses ridicules.* — *L'École des maris* et *l'École des femmes*. —
Le Misanthrope. — *Le Tartufe.* — Caractère général de ses pièces
du second ordre. — Comédies d'intrigue. — Comédies bouffonnes.
George Dandin. — *Le Bourgeois gentilhomme.* — *Amphitryon.* —
Style de Molière. — Moralité de ses personnages.

La comédie, ce miroir des mœurs et de la vie humaine, est peut-être le genre où l'esprit et même le
génie peuvent le moins suppléer à la raison, de quelque masque qu'elle aime à s'y couvrir. Le poëte appelé non pas simplement à peindre, mais à juger les
hommes, ne saurait être l'écho d'une société grossière, inintelligente, irréfléchie. Fût-il supérieur à

son époque, il ne serait pas compris d'elle en lui
signalant ce qu'elle ne peut pas encore voir. Le
fabliau et la sottie avaient jadis offert au bon sens
des masses le genre d'images qu'il pouvait apprécier :
la vraie comédie n'a fleuri chez aucun peuple avant
l'âge de la sagesse ; elle devait annoncer, en repre-
nant son éclat au xviie siècle, la maturité de l'esprit
français.

Le théâtre comique s'était à peine relevé depuis les
vieux essais de Jodelle et de Grévin. Ce n'est pas qu'on
ne cite quelques pièces ingénieuses de Larivey, écrites
vers 1580 ; mais l'examen a prouvé qu'elles étaient
traduites de l'italien, de sorte qu'il ne reste à cet écrivain trop vanté que le mérite d'un bon choix et d'une
certaine vigueur de style qui ne laisse pas reconnaître
dans sa prose l'œuvre pénible du traducteur. Bientôt
après, la comédie emprunta au théâtre espagnol ses
intrigues romanesques, à l'Italie sa galanterie recherchée. Tels furent les éléments que mirent en œuvre
les poëtes du temps de Richelieu, dirigés, comme
nous l'avons dit, par ce grand ministre lui-même.
Leurs pièces, parmi lesquelles nous en trouvons de
Corneille, de Mairet et de Rotrou, ne nous offrent
que des récits d'amour maladroitement arrangés pour
la scène. On ne saurait appeler peintures de caractères quelques esquisses grotesques que Corneille
surtout aime à y joindre, comme dans *l'Illusion comique* (1636) le personnage de Matamore, dont les
fanfaronnades ne nous font plus sourire que de surprise :

> Je te donne le choix de trois ou quatre morts ;
> Je vais, d'un coup de poing, te briser comme un verre,

Ou t'enfoncer tout vif au centre de la terre,
Ou te fendre en dix parts d'un seul coup de revers,
Ou te jeter si haut au-dessus des éclairs
Que tu sois dévoré des feux élémentaires !

Que le poëte qui composait *le Cid* ait écrit presque en même temps d'aussi grossières bouffonneries, c'est ce qu'on a quelque peine à s'expliquer. Mais un peu plus tard (1642), il donna *le Menteur*, comédie de caractère dont Juan Alarçon lui avait offert le modèle. La hâblerie, car c'est par ce mot d'origine espagnole qu'on pourrait désigner le défaut qui est mis en scène dans cette pièce, n'est pas une de ces maladies morales profondes et dangereuses, dont la connaissance demande de l'étude et de la pénétration. Pour la peindre, il suffisait de quelque esprit d'observation et de cette facilité de pinceau que possèdent des écrivains du second ordre. Mais ce qui donne un rare mérite à l'ouvrage de Corneille, c'est que ses personnages, parfaitement dépouillés des mœurs et des idées espagnoles, ont le cachet de la société française et la représentent avec une extrême vérité. Le menteur et son valet (Dorante et Cliton), l'un toujours d'une témérité folle, l'autre effrayé et comme étourdi de tant d'audace, forment un contraste d'autant plus amusant que rien n'y est exagéré. Il y a, dans les aveux de Dorante à ce confident forcé, des trait de satire que l'auteur des *Précieuses* n'eût pas désavoués :

On s'introduit bien mieux à titre de vaillant :
Tout le secret ne gît qu'en un peu de grimace,
A mentir à propos, jurer de bonne grâce...
Avoir toujours en bouche angles, lignes, fossés,
Vedette, contrescarpe et travaux avancés !

Mais la suite du *Menteur* (1643) est un ouvrage plutôt romanesque que comique ; sans manquer d'un certain mérite, il montre chez Corneille l'indécision la plus complète sur le choix de la route que l'art devait suivre.

Jodelet (1645) et *Don Japhet d'Arménie* (1653), comédies de Scarron, visent surtout à être burlesques, et nous révèlent la faveur dont jouissait alors le bas comique. Une duègne venait vider sur la tête de don Japhet un vase plein d'autre eau que d'eau de rose, et le public ne reculait pas plus devant ces grossièretés que le poëte devant les développements qu'elles comportaient. On a vanté le naturel de quelques traits plaisants semés parmi les dix actes de ces deux pièces. En voici un qui peut servir d'exemple :

> Je me disais tantôt César ; je suis Pompée :
> César vint, vit, vainquit ; et moi je suis venu,
> Je n'ai rien vu, l'on m'a battu, puis mis à nu.
> O noir amour ! . . .

Thomas Corneille, coupable des mêmes égarements que Scarron, mettait sur le théâtre, vers le même temps, un *Don Bertrand de Cigarral* (1650), également tourmenté de la gale et de la galanterie. A ce détail près, c'était un sujet espagnol comme celui de presque tous les ouvrages dramatiques de cette période. L'originalité était rare même dans le burlesque. Ce fut peut-être à ce titre que l'on applaudit encore plus tard (1662) *le Baron de la Crasse*, du comédien Raymond Poisson. On se demande, en lisant de pareils ouvrages, où étaient la raison, le goût, le bon sens de l'époque : mais Molière allait paraître !

Né dans la petite bourgeoisie, Jean-Baptiste Poquelin, qui prit au théâtre le nom de Molière, n'avait
reçu presque aucune instruction avant sa quinzième
année. Il fut mis au collége à cet âge où d'autres en
sortent; mais il eut le bonheur de s'y lier avec quelques
jeunes gens d'élite. L'un d'eux avait pour précepteur
le philosophe Gassendi, dont l'influence s'étendait sur
tout ce petit cercle. Partisan des idées d'Epicure sur
le système du monde, il leur fit connaître de bonne
heure ses doctrines et les livres où elles étaient ex-
posées. Poquelin en fit une étude assez profonde pour
conserver le goût de la philosophie. Nous le voyons
plus tard entreprendre la traduction du poëme de
Lucrèce, *sur la Nature*, et il règne souvent dans sa
pensée un degré d'indépendance qui rappelle l'école à
laquelle il s'était formé.

A l'âge de vingt ans, le goût du théâtre lui fit
prendre parti dans une troupe de comédiens. Il alla
parcourir les provinces avec elle, et ne revint à Paris
que seize ans plus tard, pour l'y établir sur un
théâtre fixe (1658). Quelques farces dans le goût italien, et les deux comédies de *l'Étourdi* et du *Dépit
amoureux*, qu'il avait fait jouer en Languedoc,
étaient jusqu'alors ses seuls ouvrages. Mais le séjour
de la capitale et les besoins de son théâtre, dont il
avait pris lui-même la direction, rendirent sa plume
féconde. En quinze ans il donna trente pièces, dans
lesquelles il figura presque toujours comme acteur,
et ce fut pour ainsi dire sur la scène que la mort vint
le frapper (1673).

De ce grand nombre de compositions, écrites
quelquefois pour la circonstance, toutes ne sont ni

du même genre, ni d'un mérite égal ; mais depuis les plus frivoles jusqu'aux plus graves, toutes ont pour cachet cette vérité d'observation qui fait le poëte comique. C'est par là que Molière, de l'aveu même des critiques étrangers, est resté sans rivaux. Ses inventions ne sont pas très-originales, et rarement il daigne conduire ses pièces avec assez de soin pour bien amener le dénoûment ; mais il peint la nature en maître, et l'antiquité même ne nous a pas laissé de tableaux aussi frappants que les siens. C'est ce que le sévère Fénélon n'a pas balancé à reconnaître. « Molière, dit-il, a enfoncé plus avant que Térence (et les anciens) dans certains caractères ; il a embrassé une plus grande variété de sujets ; il a peint par des traits forts tout ce que nous voyons de déréglé et de ridicule : enfin il a ouvert un chemin tout nouveau. » Ces dernières paroles n'ont rien d'exagéré ni de téméraire. Avant Molière, c'est l'art qui, sous des formes diverses, domine dans les meilleurs ouvrages comiques : lui sut y faire régner la pensée, et la pensée seule.

La première de ses comédies de mœurs, *les Précieuses ridicules*, fut jouée en 1659, et son apparition fut un événement pour les contemporains. L'auteur attaquait les tendances d'esprit à la mode, il immolait la recherche et l'affectation aux droits du bon sens, et il maniait la satire la plus mordante avec la simplicité nue de la vérité. On sait que Ménage, un des savants de l'hôtel de Rambouillet, dit après la pièce : « Il nous faudra brûler ce que nous avons adoré. » Il disait vrai, mais moins encore que le vieillard qui du fond du parterre s'écria, dit on : « Courage, Molière, voilà la bonne comédie ! »

Si *les Précieuses ridicules* offraient la censure des prétentions que la mode avait prêtées aux femmes, c'est à la défense de leurs droits légitimes que sont consacrées les deux pièces qui parurent ensuite. Les lois et les mœurs modernes ont à peu près fait disparaître du mariage la contrainte et la domination. Mais au XVIIe siècle l'autorité qui pesait sur la jeune fille et sur l'épouse était encore quelquefois portée jusqu'à l'excès : il y avait des choix forcés, des unions empreintes de tyrannie, et Molière ne sortit point de la réalité en mettant sur la scène l'homme qui attend le bonheur domestique de l'esclavage ou du moins de l'infériorité de la femme. Il traita d'abord cette idée dans *l'École des Maris*, où il opposa les deux systèmes de l'indulgence et de la rigueur, de manière à faire ressortir les heureux effets du premier, les inconvénients et l'odieux du second. Térence avait jadis emprunté à l'inimitable Ménandre un sujet analogue : c'était le contraste de deux frères élevés l'un avec douceur, l'autre avec sévérité. En appliquant à deux sœurs la même donnée, le poëte français put se rapprocher jusqu'à un certain point de la pièce latine; mais son intrigue, plus forte et mieux dénouée, l'emporte sans contredit sur celle des *Adelphes*. Quant aux caractères, il les avait tracés avec assez de vigueur et de fidélité pour qu'ils nous plaisent encore. Lui seul semble être resté mécontent de son œuvre et avoir pensé qu'elle ne répondait pas à la grandeur de la question. Il la compléta l'année suivante (1662) dans *l'École des Femmes*, où, resserrant l'action et sacrifiant l'intrigue, il concentra l'intérêt dans la partie morale du tableau.

Le sujet en lui-même est extrêmement simple. Un tuteur, car les besoins de l'action ne permettaient pas que ce fût un mari, tient dans une ignorance profonde sa pupille qu'il veut épouser; mais par là même il arrive à se voir préférer un inconnu, sans trouver de reproche légitime à faire à celle qui l'abandonne. La même simplicité caractérise chaque personnage. Arnolphe ne conçoit que les garanties de la contrainte physique et morale; Agnès ne lui échappe que par les résistances instinctives du cœur. L'intérêt, la vérité, la profondeur de ces deux portraits suffisent aux cinq actes de la comédie : jamais Molière lui-même n'est allé plus loin. Aussi l'impression produite par ce nouvel ouvrage tint-elle d'abord de la surprise autant que de l'admiration. Le public, captivé par l'attrait inconnu de ces peintures du cœur, s'étonnait pourtant de la naïveté des figures et de la nudité du cadre. Il n'était pas préparé à voir dominer ainsi au théâtre l'intelligence au lieu de l'imagination, et il ne s'y prêtait qu'en hésitant. Cependant le génie du poëte triompha; mais on aurait pu accuser le moraliste d'avoir dépassé le but, en proclamant presque sans réserve la liberté des inclinations. Il ne se justifia, dans *la Critique de l'École des Femmes,* que des défauts de l'intrigue et des inconvenances de langage que ses adversaires lui reprochaient.

Après quelques compositions d'un ordre inférieur, et qui semblent ne lui avoir été dictées que par les besoins de son théâtre, Molière montre enfin toute la puissance de son génie dans *le Misanthrope,* donné en 1666, et qui est peut-être le plus admirable de ses ouvrages. Il y prend pour sujet non pas l'humeur chagrine d'un esprit vulgaire, mais une faiblesse ou plutôt un travers particulier aux grands cœurs, celui de ne se résigner qu'en murmurant aux injustices du monde et à la fausseté des conventions sociales. Alceste, avec un caractère noble et pur, montre une trop grande inflexibilité dans les petites choses, et n'est pas loin d'appliquer à tout son siècle

> Ces haines vigoureuses
> Que portent aux méchants les âmes vertueuses.

Jusqu'à quel point il se rend malheureux par cette rudesse outrée, c'est ce que le poëte nous fait partout sentir : les indifférents se tournent contre lui parce qu'il ne se prête point à leurs faiblesses, et, quant à ceux qu'il aime, il ne peut souffrir en eux les défauts que le monde autorise. Un ami sincère, mais d'un caractère pliant, lui devient insupportable. La femme qu'il aime, mais chez qui l'habitude des hommages a développé la coquetterie, le met au supplice par sa légèreté, sans pouvoir ensuite calmer ce cœur aigri par les témoignages d'un attachement ordinaire. Nous assistons à une lutte sans issue : car Molière n'espère pas que la société se corrige, et son héros, dont le caractère est précisément d'être inflexible, ne changera pas davantage. Mais le tableau est merveilleux de force et de vérité.

Cependant on ne saurait nier que cette œuvre si parfaite présente un étrange problème, le personnage principal n'ayant pour défauts que des qualités du cœur et de l'esprit, à peine entachées d'un peu d'exagération. C'est la vertu même qui est livrée au ridicule, si nous en croyons Rousseau, et malgré les

réponses qu'on a faites à cette objection, elle conser-
verait toute sa force si ce noble caractère était vraiment exposé au mépris dans le cours de la pièce.
Mais, tout en lui donnant des travers, le poëte ne le
rabaisse point à nos yeux : il nous le fait aimer, respecter même, jusque dans ses violences, et cet homme
vertueux, dont la rudesse nous arrache quelquefois
un sourire, n'en devient pas moins le favori du spectateur en même temps que le héros de la pièce. C'est
lui qui est honoré de tout ce qui l'entoure; c'est à lui
que s'offrent les affections, même quand elles ne lui
paraissent pas dignes de la sienne. Plutôt que de l'hu-
milier, Molière le relève, quoiqu'il ait mis le doigt sur
chacune de ses faiblesses.

Était-ce le duc de Montausier qu'il voulait peindre?
ou songeait-il à lui-même en dessinant le portrait du
misanthrope? S'il fallait choisir entre ces deux opinions, dont la première a longtemps prévalu, ce serait
la seconde et la plus récente à laquelle nous nous
laisserions entraîner. Mais on méconnaît l'indépendance du génie en lui cherchant ainsi des modèles
qu'il se bornerait à copier. Quelque part qu'il ait pris
l'idée à laquelle il s'attache, il trouve en lui la lumière
qu'il répand sur elle, et lors même qu'il retrace sa
propre nature, il lui imprime par la force de la pensée une vérité plus générale et plus profonde. Alceste
restera éternellement le type de ces âmes droites et
généreuses, passionnées jusqu'à l'imprudence dans
leur aversion pour l'injustice et la bassesse, réglant
mal les mouvements d'une indignation inutile, mais
plus grandes dans leur emportement que les esprits
exacts dans leur sagesse.

L'intrigue de la comédie est à peu près nulle, et le dénoûment laisse l'opinion indécise. C'étaient là des nécessités du sujet. Une action plus complète eût forcé l'auteur à choisir entre le triomphe de cette âpre vertu qu'il veut humaniser, et celui du monde frivole et corrompu où il a placé son héros. Mais le progrès des mœurs publiques devait finir par donner raison au misanthrope sur quelques-uns des points où l'auteur le condamnait encore; car la société elle-même a flétri depuis longtemps les usages vils ou insensés contre lesquels il se révolte, ces embrasse-ments et ces protestations d'amitié prodigués au pre-mier venu, ces ménagements d'amour-propre où la vérité était immolée à la politesse, cette flatterie per-pétuelle dont la femme se voyait entourée, ces solli-citations qu'exigeait la justice. Étrange défaut que celui qui résulte ainsi de la justesse des appréciations du poëte! Comme il ne voulait pas que l'humeur frondeuse d'Alceste nuisît à sa vertu, il ne lui a fait attaquer que les torts réels du monde, et maintenant que le monde s'en est corrigé, nous voyons à peine ce que ces attaques avaient alors d'excessif et de chimé-rique. Il n'y a plus d'excès à nos yeux dans cette indi-gnation que nous éprouverions nous-mêmes vis-à-vis des mêmes abus. Il faudrait, pour nous ramener au point de vue de Molière, que le misanthrope se fût irrité des travers et des injustices qui subsistent encore.

Au théâtre, cet ouvrage inimitable n'eut pas de succès : il manquait de cet intérêt dramatique que produit la force de l'action, et il n'offrait que des figures de peu de relief pour la scène, où la finesse

des traits frappe moins que leur vigueur. En général, tout sujet où la raillerie est sans haine
et la censure sans gravité semble être d'une nature
trop délicate pour la comédie, et l'immense talent
que déploya Molière dans *le Misanthrope* ne pouvait pas étendre ces limites de l'art. C'est à la lecture que la pièce reprend toute sa beauté. On ne
sait lequel des deux admirer davantage, du penseur
ou du poëte. « Je ne pourrais pas faire mieux, »
disait-il, quand le public l'appréciait encore mal :
aujourd'hui la perfection de son œuvre est pour
nous un sujet d'étonnement. Aucune langue n'offre
des vers frappés avec cette force; aucun théâtre, des
images de cette fidélité. « Avant de juger *le Misanthrope*, dit Florian, il faut le savoir par cœur. »
Mais avant de le savoir par cœur on a déjà baissé
la tête devant Molière.

Tartufe, cet autre chef-d'œuvre qu'on oppose
au premier, est d'une nature différente et pour ainsi
dire inverse. Là encore l'auteur sort peut-être du
domaine de la comédie; mais c'est dans le sens contraire, car il fait choix d'un sujet qui doit inspirer
l'aversion. Il nous montre un misérable qui, recueilli
par pitié dans une maison où il s'est introduit sous le
masque de l'hypocrisie, s'efforce d'y porter la séduction et la ruine, et n'échoue dans ses desseins crimi-
nels qu'après nous avoir fait trembler pour son bien-
faiteur. Ici la raillerie même la plus sanglante n'a pas
assez de morsures pour le vice poussé jusqu'au crime ;
l'action est trop grave pour la scène comique. Molière, en l'y portant, crut rendre service à la société :
l'approbation de son siècle, celle du rigide Boileau,

celle des générations suivantes, doit le justifier complétement. Les questions d'art ne viennent qu'après
les questions morales. Mais au point de vue de l'art,
il nous est impossible de ne pas apporter quelque
restriction aux éloges que les critiques ont prodigués
au *Tartufe*. Quelque puissance qu'y déploie le génie
de l'écrivain, c'est une tâche trop forcée que celle de
rendre ridicule ce qui est odieux, et il se débat quelquefois en vain contre l'horreur attachée à la figure qu'il
retrace. Ce n'est pas que l'inspiration l'abandonne : il
a des scènes admirables de verve et de comique avant
que Tartufe ne paraisse et même après qu'il est dé-
masqué ; mais pendant que ce vil hypocrite poursuit
sous nos yeux l'infâme dessein qu'il a formé, Molière
est souvent réduit à outrer les moyens pour provo-
quer le rire, et ce rire déplacé répugne à la raison.
La manière dont Tartufe s'y prend pour essayer la
séduction d'Elmire offre des détails plus bas qu'aucune des scènes bouffonnes de ses autres ouvrages. La
délicatesse n'est pas moins blessée par le tableau plus
ignoble que plaisant de la confusion de l'époux, quand
il devient le témoin honteux du piége que sa femme
ose tendre au coupable, et qu'il est lui-même raillé
par elle de son incrédulité. Il est fâcheux que l'emploi
de pareilles ressources fût une condition de succès
pour le poëte, dont le talent semble grandir en pro-
portion de la difficulté du sujet. Comme peintre, il se
surpasse lui-même, non-seulement dans le portrait de
Tartufe où tout est vivant, mais encore dans chacune
des figures accessoires dont il l'environne, telles que
l'aïeule et la soubrette. Comme écrivain, il sait plier
sans effort la langue poétique à l'expression la plus

familière de la pensée. L'action même de la pièce , quoique reposant sur des données improbables , est si habilement conduite qu'à peine s'aperçoit-on de ce défaut et de ce qu'il y a de défectueux dans son dénoûment imprévu.

Après le *Misanthrope* et *Tartufe* on peut placer l'*Avare,* où Molière complète et surpasse l'*Aululaire* de Plaute, et *les Femmes savantes,* où il développe l'idée qui lui avait déjà dicté *les Précieuses ridicules.* Mais quelque supériorité qu'il déploie dans ses comédies de caractère, elles ne font pas son seul titre de gloire, et à côté des productions sérieuses où son talent brille d'un éclat si vif, on l'admire encore en le retrouvant toujours fécond et original dans une foule de créations moins régulières où il semble s'abandonner à sa fantaisie. S'il nous est impossible d'entrer dans l'examen détaillé de ces pièces subalternes, nous essayerons du moins d'en signaler les caractères généraux.

Là surtout nous voyons cet esprit mâle négliger les artifices de la forme et le soin de l'invention, pour n'attacher d'intérêt qu'à la vérité de la peinture. La comédie d'intrigue et la comédie bouffonne, telles que l'époque les avait adoptées, lui offraient des voies battues mais populaires, dont il entreprit rarement de sortir. Dans le premier genre, il se contenta de reproduire les cadres romanesques des poëtes italiens, mais en y semant à pleines mains les détails piquants et gracieux. On dirait qu'il avait pris pour règle la maxime d'Horace : faire choix d'un sujet ordinaire et le traiter d'une manière si peu ambitieuse qu'on n'aperçoive l'art qu'au naturel inimitable du tableau [1]. Dans le genre bouffon il adopta le vieux canevas des farces que Turlupin, Gautier-Garguille et d'autres comiques récents avaient mises en faveur auprès du peuple, et dont le fond paraît aussi quelquefois emprunté à l'Italie. Les figures les plus comiques qu'il se plaise à retracer sont celles du valet et du pédant : le premier, fripon, lâche et rusé comme l'esclave de la comédie antique dont il a conservé tous les traits ; le second, également irascible et présomptueux sous le bonnet carré du philosophe ou sous la perruque du médecin. Souvent il emprunte les traits de ce dernier personnage aux pages les plus moqueuses de Rabelais ; parfois cependant il les copie d'après quelque modèle contemporain, et sa raillerie mordante est pleine d'actualité. Il y a un côté grave dans cette guerre opiniâtre que fait Molière à la fausse science ; il y venge la raison de ses ennemis les plus orgueilleux. Mais peut-être a-t-il plus de droit encore à notre attention lorsqu'il s'efforce d'arracher le bandeau que la vanité mettait sur les yeux de la classe moyenne, et de la guérir de l'idolâtrie de la splendeur. Quand le bourgeois qui veut singer l'homme de cour, et le riche paysan qui s'allie par ambition à une femme bien née, viennent nous étaler tour à tour leur duperie et leur misère, nous reconnaissons des modèles empruntés au monde contemporain ; la réalité des images se révèle à chaque trait, et au rire même qu'elles excitent se mêle

---

[1] *Ex noto fictum carmen sequar, ut sibi quivis*
Speret idem ; sudet multum, frustraque laboret
Ausus idem. . .

une certaine amertume qui déborde du cœur de
l'écrivain dans le nôtre.

Une des deux comédies où Molière met ainsi
l'homme du peuple en face de son abaissement volontaire sort presque autant que le *Tartufe* du domaine
ordinaire de la comédie. C'est *George Dandin ou le
Mari confondu*. Le sujet en est assez odieux pour
inspirer au spectateur un sentiment pénible ; mais la
leçon était si juste qu'elle devait excuser même des
images blessantes. La plupart des critiques, en blâmant l'intrigue de la pièce, n'en ont pas assez remarqué le but moral : si le paysan qui a voulu « épouser
une demoiselle » était moins cruellement traité, nous
n'apercevrions que ses torts et nous nous rangerions
avec ceux qui l'humilient. Ce n'est pas ainsi que l'entend l'écrivain philosophe. L'oppression l'indigne, et
tout en laissant à George Dandin sa nature grossière,
il le fait assez souffrir pour que la pitié se mêle à
notre mépris, et qu'une part de la honte rejaillisse
de la victime sur ceux qui l'égorgent. On a prétendu
que l'effet serait plus grand s'il avait su rendre plus
digne d'intérêt ce mari rustique ; mais c'eût été mettre
le roman à la place de la vérité. Remarquons d'ailleurs que pour avoir le droit de flétrir une alliance
inégale il fallait qu'il nous la montrât aussi contraire
à la nature et à la raison qu'aux convenances de la
société. C'était le contraste absolu des deux époux
qui faisait de leur union un acte de folie ou de déloyauté, et pour que la preuve fût complète, leur
rapprochement devait être impossible.

On s'accorde à reconnaître pour un chef-d'œuvre
l'autre portrait qui, à quelques égards, fait le pendant

de celui-là, *le Bourgeois gentilhomme*. M. Jourdain est le type parfait de cette bourgeoisie parvenue, que son ignorance livrait à toutes les chimères de l'ambition la plus puérile. Sa femme et sa servante, dont le bon sens étroit fait contraste avec les vastes espérances de son amour-propre, à côté d'elles la figure épisodique mais admirable de son maître de philosophie, sont du comique le plus vrai et le plus profond. Mais après trois actes de la meilleure comédie, les deux derniers prennent le caractère burlesque de la farce, et c'était là peut-être une nécessité du sujet. Un dénoûment sérieux aurait été trop sévère, s'il avait puni la vanité de M. Jourdain par la ruine et le malheur : mais c'eût été mentir à la réalité que de nous montrer le seigneur Dorante humilié à son tour par celui dont il avait fait sa dupe. Entre ces deux personnages la question morale ne pouvait être résolue ni sur la scène comique, ni à cette époque, et c'est avec raison que l'auteur, après les avoir fait briller devant nos yeux, les laisse pâlir et s'éclipser dans le tumulte subit d'une folle mascarade.

Cette mascarade n'est pas la seule qu'on trouve dans Molière, et en général le comique burlesque, quoique ce soit le moins relevé, ne semble pas déplaire à cet esprit si juste. Peut-être en effet Boileau s'est-il montré trop rigoureux en reprochant à l'auteur du *Misanthrope* d'avoir imité quelquefois les bouffonneries populaires de Tabarin. Il faudrait distinguer les emprunts que l'art et la raison proscrivaient comme ignobles, de ceux qu'une valeur réelle rendait légitimes. Qu'une nuée d'apothicaires menace du plus offensif de ses remèdes la santé de M. de Pourceaugnac, c'est une scène de carnaval, qui se supporte à peine : que Scapin bâtonne son maître après l'avoir fait entrer dans un sac, la gaieté qu'il excite est grossière comme le moyen qu'il emploie. Mais pourquoi repousser de même les données simplement plaisantes, comme celle du Malade imaginaire, les figures railleuses, comme celle du Médecin malgré lui, en un mot tout ce qui est à la fois amusant et vrai, sans comporter un cadre sérieux ? Ces esquisses charmantes, où il se complaît quelquefois, se justifient par leur perfection. Quant à celles qui ne paraissent composées que pour les besoins de son théâtre, elles trouvent leur excuse dans le tribut qu'il payait malgré lui à la nécessité. Si, comme auteur, il avait travaillé hardiment à réformer le goût du public, comme directeur il était encore réduit à s'y soumettre.

L'imitation de l'art antique perce à chaque instant jusque dans les ouvrages les moins sérieux de Molière. Il savait faire revivre les allures vives et piquantes de la comédie athénienne en la dégageant pour nous de son appareil étranger. Il lui a même rendu toute son élégance en reproduisant sur la scène française l'*Amphitryon* d'Euripide, tel que nous l'avait transmis Plaute. C'eût été, pour tout autre que lui, une entreprise téméraire que de vouloir renouveler ainsi des scènes mythologiques : car Jupiter et Mercure, ces divinités du paganisme qu'il était piquant autrefois de voir amenées sur la scène, sont pour nous des personnages sans intérêt comme sans vérité ; mais le mérite des figures subalternes et le comique de la situation devaient suffire à Molière.

Le valet d'*Amphitryon*, simple esclave, mais le
plus amusant de tous ceux dont l'image nous est
restée, prit une nouvelle vie sous son pinceau. Des
rajeunissements habiles permirent aux spectateurs
modernes de comprendre le sens et la verve des railleries antiques. On se laisse aller au charme de cette
peinture de fantaisie malgré la violence qu'elle fait
aux habitudes de la pensée, et ce n'est pas le triomphe
le moins complet du poëte de nous faire ainsi reconnaître la nature sous les formes que lui imprimaient
jadis un autre art, une autre société, un autre âge.
Mais la profondeur de son regard sait mettre à
nu sous ces formes diverses l'élément éternel de la
comédie, les passions et les faiblesses auxquelles
le cœur humain restera toujours accessible.

Fénélon a cru pouvoir signaler dans le style de
Molière des phrases forcées, des expressions peu
naturelles, et le manque de cette élégante simplicité
qu'on admire chez Térence. Lui-même regardait sa
versification comme imparfaite et se plaignait de n'a-
voir pas le temps de la polir. Mais en reconnaissant
que sa manière d'écrire est inégale, il faut aussi
avouer qu'elle a quelquefois une force et une fermeté
inimitables. Boileau cite ses vers comme le modèle
d'une facture à la fois naturelle et correcte, et de nos
jours M. Victor Hugo l'a proclamé le premier des
écrivains dramatiques. Peut-être serait-il également
facile de justifier ces critiques et ces éloges. Le comique français ne s'attache pas, comme le poëte romain, à briller par la délicatesse du langage; il ne vise
qu'à l'expression vraie et vigoureuse de la pensée.
De là vient l'infériorité qu'on remarque dans son style

toutes les fois que le sujet s'abaisse et que les personnages sont insignifiants. Mais, en revanche, nul ne sait
mieux que lui donner du relief et du trait à chaque
idée juste, énergique, féconde. Aussi simple alors
que Térence dans le choix des termes, il est cependant plus riche, plus animé, plus entraînant. A une
lecture rapide, on lui trouve quelquefois un excès
d'abondance; à une lecture attentive, jamais, car il
n'ajoute rien qui ne rende le sens plus vif. S'il sacrifie
souvent la concision à la clarté, c'est qu'ainsi le demande la lenteur d'esprit des masses; le public n'eût
pas saisi son fameux mot : *vous êtes orfèvre, M. Josse,*
si les lignes suivantes ne l'avaient complété en l'expli-
quant. Mais il sait faire un usage adorable de ces
redoublements de paroles pour suivre la pensée jusqu'à son expression la plus naïve. Telle est la réflexion
qu'une poltronnerie suprême inspire à M. Jourdain :
« Je pourrais attraper quelque méchant coup *qui me
ferait du mal !* »

Un autre reproche qu'on peut lui adresser est
celui d'avoir transigé trop légèrement avec le vice [1].
En effet les valets et les amants de Molière sont à
peine plus scrupuleux que ceux du théâtre antique et
des Nouvelles italiennes. On dirait même qu'il est
tout à fait indifférent à la moralité des gens du peuple, chez lesquels il ne nous montre guère que la corruption ou les penchants qui doivent la produire.
Mais avant de le condamner sur ce point il faudrait

---

[1] Cette accusation a été émise par Fénélon, et se rapportait
dans sa pensée à quelques-unes des principales pièces de Molière.
Mais elle ne nous paraît fondée que relativement aux rôles secon-
daires dont nous allons parler.

le comparer aux comiques de son époque et même à
ceux de la génération suivante. Ceux-là, pour la plupart, ne supposent pas même des sentiments hon-
nêtes chez les personnages d'un rang plus élevé.
Montfleury, qui se croyait son rival, et dont *la Femme
juge et partie* avait balancé le succès du *Tartufe*,
mettait dans la bouche de ses héroïnes des railleries
indécentes. Dancourt, qui un peu plus tard s'enrichit
à composer des pièces frivoles, nous montre des gentilshommes vivant d'intrigue, des femmes sans pudeur et sans honte, des officiers presque aussi vils
que leurs valets. A côté de ces mœurs scandaleuses
dont l'usage semblait autoriser la peinture, les vices
que Molière laisse régner au-dessous de la classe
moyenne n'ont plus rien qui puisse nous surprendre.
On voudrait sans doute que ce grand moraliste ne
se fût jamais contenté de plaire au peuple sans le
rappeler au sentiment du devoir et de la dignité humaine; mais on n'a pas le droit de s'étonner qu'il
soit resté sous ce rapport l'homme de son siècle.

CHAPITRE XVII.

LA RÉFORME DU GOUT. — BOILEAU.

Rôle de Boileau. — Caractère de son talent. — Sévérité de son goût. — Ses *Satires* plutôt littéraires que morales. — Supériorité de ses *Épîtres*. — Son *Art poétique* peu complet, mais en rapport avec les notions de l'époque. — Inégalités du *Lutrin*. — Ses autres ouvrages.

Tant d'éclat reste attaché au nom des grands écrivains dont le génie éclairait le xviie siècle et faisait triompher la raison et le bon goût, que la postérité remarque à peine autour d'eux la foule obscure des esprits faux, des talents incomplets, des médiocrités ambitieuses qui leur disputaient encore l'estime publique et l'influence littéraire. Mais les contemporains de Corneille et de Molière, tout en s'inclinant devant leurs chefs-d'œuvre, n'en étaient pas encore arrivés à distinguer toujours le beau du médiocre et même le sublime du ridicule. On aurait peine à croire combien le goût se forma lentement, et quels services rendit l'homme qui osa s'en faire l'arbitre. Un seul trait peut en donner une idée : quand Boileau fut reçu à l'Académie française, il en témoigna sa surprise, tant cette docte compagnie renfermait d'auteurs qu'il avait fustigés.

Ce critique célèbre, diversement jugé de notre temps, n'est point un de ces génies puissants qui élargissent la sphère de l'art et de l'intelligence. Son esprit juste et ferme manque de chaleur, de richesse, de fécondité. Aussi a-t-on voulu, dès le XVIIIe siècle, lui contester le titre de penseur et borner son mérite au talent de la versification. Mais si sa pensée se resserre en effet entre des bornes assez étroites, elle saisit avec une rare vigueur les sujets qu'elle embrasse. Nul écrivain n'a su mieux revêtir d'une forme nette et saillante les maximes simples de la raison, les premières règles de l'art, les notions générales de la morale et de la littérature. C'est là, si l'on veut, une gloire assez modeste, mais réelle et solide. L'écrivain qui réussit à donner ainsi un nouvel éclat aux vérités élémentaires affermit les bases sur lesquelles reposent toutes les œuvres fortes, toutes les créations légitimes, et il exerce sur l'esprit de son siècle une influence d'autant plus souveraine qu'elle n'a rien de trop vaste et de trop ambitieux.

Ce poëte du bon sens avait été d'abord élevé pour le barreau, et destiné ensuite à l'Église : mais il ne put se plier à aucune de ces deux carrières, auxquelles l'amour des lettres lui fit préférer une obscure indépendance. Les satires qui commencèrent sa réputation lui donnèrent pour amis, parmi les auteurs

contemporains, les hommes du goût le plus sûr et le
plus délicat : Molière. alors dans sa maturité; la Fontaine et Racine, encore à leur début. Affermi dans la
sévérité de ses opinions littéraires par leur assenti-
ment, il ne se contenta pas de déclarer la guerre aux
rimeurs sans génie et sans art; il voulut imprimer à
la poésie ce caractère de perfection soutenue et d'extrême pureté qui n'appartenait encore qu'aux chefs-
d'œuvre des anciens. Lui-même en donna l'exemple :
ses vers, soigneusement travaillés et d'une correction
irréprochable, n'offrent point la négligence gracieuse
d'Horace, ni l'énergie inculte des autres satiriques
latins, mais le nombre et la cadence des poëmes classiques. Sous ce rapport il dépassa Molière et suivit
une autre route que la Fontaine ; mais il y eut conformité de vues et d'efforts entre lui et Racine,
auquel il s'attacha plus intimement, malgré la nature
diverse de leur génie. Tous deux, se passionnant pour
la beauté des modèles antiques, regrettaient d'observer chez les poëtes modernes les plus illustres l'inégalité du travail et quelquefois l'imperfection de l'art.
Qu'on juge de leur mépris pour les faux brillants de
l'esprit italien, pour l'enflure, la recherche et l'affectation des médiocrités contemporaines ! Mais Racine,
tout entier aux grandes créations dont il enrichit la
scène. n'exprimait guère ses doctrines que dans ses
entretiens, tandis que Boileau. qui n'avait pas la
même puissance d'imagination, fit sa principale tâche
du soin de former l'opinion et le goût.

Les satiriques anciens ne s'étaient guère attachés à
la critique littéraire : les ouvrages médiocres obte-
naient peu de publicité, si ce n'est au théâtre, où la

14.

froideur du public en faisait justice, et c'est plutôt
l'amour-propre des mauvais poëtes que leur manque
de talent qui arrache quelquefois à Horace un trait
de raillerie. Mais chez les modernes l'imprimerie a
donné quelques chances de retentissement même aux
productions les plus faibles. Les livres, bien plus multipliés, circulent davantage et obtiennent une attention
bien plus générale. Nous avons déjà vu Mathurin
Régnier, quoique la liberté de son génie l'entraînât
plutôt à peindre la vie réelle qu'à méditer sur les
doctrines littéraires, diriger sa meilleure satire contre
Malherbe et sa réforme. Boileau, qui avait très-peu
d'expérience des désordres et des travers du monde,
ne saisit que confusément les vices et les ridicules de
son époque. Il manque d'observation, et ses peintures
morales ne sont guère que des lieux communs élé-
gamment versifiés. Mais quand il s'attaque aux mauvais poëtes, la chaleur et l'inspiration lui viennent
d'elles-mêmes : il est là sur son véritable terrain et
dans le domaine habituel de sa pensée; sa raillerie
devient vive, piquante, ingénieuse [1]. On pourrait lui
reprocher de ne pas motiver ses arrêts; mais les écrivains qu'il censure ne méritaient guère que le dédain
qu'il affiche pour eux. Quinault seul possédait un

---

[1] Il ne fallait pas moins de talent que de courage pour attaquer
avec succès des renommées établies, ou du moins des réputations
tolérées. La résistance fut d'abord violente : les auteurs fustigés
s'en prenaient au caractère, aux sentiments, à la moralité du
critique. De ces calomnies de l'amour-propre blessé, il n'est resté
que ces deux vers, éternellement vrais :

> Qui méprise Cotin n'estime point son roi,
> Et n'a, selon Cotin, ni Dieu, ni foi, ni loi.

talent véritable, et Boileau, un peu trop rigoureux envers lui, a cependant le soin de déterminer nettement les torts dont il l'accuse.

Ce fut de 1660 à 1667, et depuis l'âge de vingt-quatre ans jusqu'à celui de trente et un, qu'il publia successivement les neuf satires qui furent son premier titre de gloire. En les replaçant dans l'ordre de leur composition, dont les éditeurs ont peut-être eu tort de s'écarter, on peut suivre en quelque sorte les progrès de son talent qui s'affermissait par degrés. Les premières offrent encore quelque faiblesse ; mais les suivantes s'élèvent de plus en plus, et la neuvième est un véritable chef-d'œuvre où la raillerie emprunte avec un bonheur merveilleux le langage de la défense [1]. La satire ancienne n'a rien d'aussi parfait que les passages admirables où le poète fait ressortir la légitimité de ses critiques, leur modération, et le sentiment de justice qui lui fait venger la raison outragée :

> Il a tort, dira l'un, pourquoi faut-il qu'il nomme ?
> Attaquer Chapelain ! ah ! c'est un si bon homme !
> Balzac en fait l'éloge en cent endroits divers.
> Il est vrai, s'il m'eût cru qu'il n'eût point fait de vers.

[1] Je ne puis admettre qu'il y ait une incorrection dans ce premier vers, si souvent critiqué par les grammairiens :

> C'est à vous, mon esprit, à qui je veux parler.

Le poète, par ce redoublement, donne plus de force à l'expression, qui semble grondeuse et presque menaçante, comme l'exigeait l'ironie de la pensée. Il est ridicule de confondre ces irrégularités volontaires des grands écrivains avec les fautes de l'ignorance, et ici l'autorité de la grammaire doit céder à celle du talent.

Il se tue à rimer : que n'écrit-il en prose ?
Voilà ce que l'on dit. Et que dis-je autre chose ?
En blâmant ses écrits, ai-je d'un style affreux
Distillé sur sa vie un venin dangereux ?
Ma muse, en l'attaquant, charitable et discrète,
Sait de l'homme d'honneur distinguer le poète.
Qu'on vante en lui la foi, l'honneur, la probité ;
Qu'on prise sa candeur et sa civilité ;
Qu'il soit doux, complaisant, officieux, sincère :
On le veut, j'y souscris, et suis prêt à me taire.
Mais que pour un modèle on montre ses écrits ;
Qu'il soit le mieux renté de tous les beaux esprits ;
Comme roi des auteurs qu'on l'élève à l'empire ;
Ma bile alors s'échauffe, et je brûle d'écrire ;
Et, s'il ne m'est permis de le dire au papier,
J'irai creuser la terre, et, comme ce barbier,
Faire dire aux roseaux par un nouvel organe :
Midas, le roi Midas, a des oreilles d'âne !

Après la publication de cette neuvième satire,
Boileau parut renoncer à ce genre pour celui de
l'épître. Il y revint cependant à l'époque de sa vieillesse ; mais ce fut avec peu de succès. L'âge avait
tari sa verve et ses nouvelles productions n'offraient
plus que des esquisses froides et incolores (sa dixième
satire, sur les femmes, fut écrite dans sa cinquante-
septième année : les deux autres encore plus tard).

Ses épîtres, où il ne pouvait guère prendre qu'Horace pour modèle, sont moins gracieuses, moins vives,
moins profondes que celles du poète latin, mais d'une
beauté plus égale et plus régulière. C'est dans ce
genre d'ouvrages qu'il déploie la supériorité la plus
constante, soit qu'il y parle le langage de la philosophie ou celui de l'amitié, qu'il y célèbre la grandeur
de Louis XIV ou qu'il y poursuive sa vieille guerre

contre les méchants écrivains. C'est encore là qu'il
emprunte le plus de charme à la vérité de son langage,
le plus d'autorité à la vertu et à la raison. Mais il faut
aussi distinguer ses neuf premières épîtres, ouvrages
de son âge mûr, des trois dernières, œuvre de sa
vieillesse et qui en portent la trace.

A la plus belle époque de son talent, il avait entre-
pris un ouvrage d'un caractère plus grave et d'une
nature plus difficile : c'était son *Art poétique*, le code
le plus précis et le plus élégant des lois générales de
la poésie française. C'est surtout ce poëme qui l'a fait
surnommer le législateur du Parnasse, et le temps
n'en a pas encore beaucoup affaibli l'autorité. Il fallait sans doute tout le talent de Boileau pour triompher de l'aridité inévitable d'un traité didactique et
y répandre, avec l'ordre et l'unité, la grâce et l'éclat.
Il y réussit par la netteté de la pensée et l'excellence
de la versification. A ce point de vue son ouvrage est
un chef-d'œuvre ; mais qu'il nous soit permis d'ajouter que le côté pratique de l'art y est mieux exposé
que sa théorie. Boileau n'approfondit pas toujours
assez le caractère et le génie des genres dont il traite.
S'il fait parfaitement comprendre la nature de l'idylle,
nous le voyons aussitôt après hésiter sur les attributs
de l'élégie et lui assigner des sujets érotiques, trompé
ici par les anciens qui réunissaient sous le même nom
des ouvrages différents écrits en vers de même mesure. Arrivé à l'ode, il admet tous les sujets lyriques
adoptés par l'antiquité, jusqu'aux combats d'athlètes,
sans établir les distinctions que réclamaient la diversité
des genres et le génie particulier de chaque époque.
Des lacunes plus graves encore se font remarquer

dans ses préceptes sur la tragédie. Il explique assez
bien la marche de l'action, telle que la consacraient
l'usage et les règles reçues ; mais on ne voit pas qu'il
se fît une idée très-nette de l'intérêt dramatique
et qu'il en distinguât les principes réels. Il semble
croire que c'est la perfection de la peinture qui plaît
et qui touche, quel que soit le sujet, pourvu cependant qu'il admette quelque développement de la passion. La grandeur de l'événement, l'opposition des
intérêts et des forces, l'empire de la terreur et de la
pitié n'attirent nullement son attention ; peut-être
même ne voit-il dans le terrible qu'un obstacle à surmonter. Tel est du moins le sens que l'on donnerait
aux vers suivants :

> D'un pinceau délicat l'artifice agréable
> Du plus affreux objet fait un objet aimable.
> Ainsi pour nous charmer la tragédie en pleurs
> D'Œdipe tout sanglant fit parler les douleurs,
> D'Oreste parricide exprima les alarmes,
> Et pour nous divertir nous arracha des larmes [1].

Enfin on courrait peu de risque à déclarer fausse
toute sa théorie de l'épopée, dont il fait consister le
charme dans l'agrément des fictions accessoires, et
où il veut encore introduire, sinon Jupiter et le Destin, au moins les divinités subalternes de la mythologie.

Si ces erreurs peuvent faire refuser à l'ouvrage de
Boileau le caractère de profondeur qu'exigerait aujourd'hui une œuvre de ce genre, il est juste de lui

[1] Nous reviendrons dans le chapitre suivant sur cette théorie
imparfaite de l'intérêt tragique, qui paraît avoir égaré quelquefois Racine lui-même.

tenir compte de la confusion qui régnait encore dans
les doctrines littéraires de son époque. Les théories
étaient incertaines, étroites, sans portée ; il restait
encore à l'art des conquêtes à tenter, avant d'être sûr
de ses propres forces dont il n'avait pas achevé l'essai.
Dans cet état de choses, l'auteur de l'*Art poétique* ne
pouvait guère aller au delà d'une exposition nette et
vigoureuse des règles que la critique et l'usage avaient
fait reconnaître. A peine son siècle eût-il accepté davantage : c'est donc pour la postérité seule que son
ouvrage est resté insuffisant.

Un autre poëme, d'un genre bien différent, *le
Lutrin*, nous montre le talent de Boileau sous une
face nouvelle. Il y prend le ton héroï-comique pour
raconter plaisamment les démêlés qui avaient ré-
pandu la discorde dans une église opulente. Si nous
en croyons le poëte, et tout paraît confirmer ses
assertions, l'ouvrage avait été commencé au hasard
et fut poursuivi sans dessein arrêté. De là sans doute
le choix inégal des figures qu'il y groupa, les unes
pleines de grâce et d'attrait sous leur masque bouffon,
les autres vulgaires et froides [1], malgré tous ses
efforts pour les faire ressortir. Ce contraste explique
la diversité des jugements portés sur *le Lutrin*. Les
critiques les plus sévères ont regretté que Boileau
eût perdu tant d'art et de soin à polir des peintures
entachées de bassesse : les plus indulgents au contraire n'ont donné que des éloges à un poëme plein
de détails charmants et où des images badines sont

---

[1] Faut-il nommer le perruquier l'Amour et sa femme, personnages ignobles auxquels Boileau a prêté les seules paroles incon-
venantes qui soient jamais tombées de sa plume?

quelquefois représentées avec une perfection qui les
ennoblit. Le premier chant, où le sujet conserve assez
d'élévation, offre une merveilleuse élégance de style,
jointe à une fraîcheur de coloris que nul poëte n'a
jamais surpassée et que l'auteur lui-même ne devait
plus retrouver ailleurs. *Le Lutrin* serait de beaucoup
le chef-d'œuvre de Boileau, si le reste de l'ouvrage se
soutenait à la même hauteur que cet admirable début;
mais, à part les morceaux allégoriques, le reste du
poëme n'est pas exempt des défauts ordinaires du
genre burlesque, dont il se rapproche. L'action lan-
guit en se prolongeant, et le dernier livre, composé
longtemps après les autres (1683), termine froide-
ment une œuvre commencée avec tant d'éclat et de
charme.

La popularité dont jouissent encore les principaux
ouvrages de Boileau nous permet d'en borner l'analyse à ces indications succinctes. Quant à ses autres
productions, le mérite en est fort inégal. Quelques
petites pièces de vers, des épigrammes et une ode sur
la prise de Namur, ne grossissent guère le recueil de
ses poésies et n'ajoutent rien à sa gloire. L'ode y
ferait même une tache, s'il ne l'avait pas composée à
l'âge de cinquante-sept ans, c'est-à-dire à l'époque où
son talent s'était évanoui. C'est un effort malheureux
pour imiter les élans poétiques de Pindare, et cette
imitation paraîtrait à peine sérieuse si elle était toujours aussi bizarre que dans les deux premières
strophes. Quelques écrits en prose ont plus de droits
à notre attention. Remarquons d'abord l'arrêt burlesque en faveur d'Aristote contre les Cartésiens :
c'est un pamphlet philosophique où l'ironie est si

sanglante et l'absurdité de l'oppression si bien mise
en lumière, que ces trois ou quatre pages arrêtèrent,
dit-on, dans la main du parlement ses foudres aveu-
gles. Un dialogue sur les héros de roman, composé
dans le genre de Lucien, est la critique la plus juste
et la plus sensée des abus d'imagination que la mode
autorisait dans cette sorte d'ouvrages. Boileau l'avait
composé dans sa jeunesse ; mais, par une réserve honorable, il ne voulut le publier qu'après la mort de
mademoiselle de Scudéry qui s'y trouvait raillée. Il
n'acheva point un autre dialogue sur les poëtes latins
modernes, quoiqu'il l'eût commencé de la manière la
plus heureuse : ami de quelques savants qui se com-
plaisaient encore à versifier dans cette langue morte,
il craignait de les blesser, sans espérer de les guérir.
Sa traduction du Traité de Longin *sur le Sublime*,
est un travail aussi remarquable par le soin avec
lequel il est achevé que par la justesse des doctrines
qu'il expose. Boileau pénètre au fond de la pensée de
l'auteur, il la précise et en fait ressortir les nuances :
traduire ainsi, c'était faire revivre l'enseignement du
rhéteur grec. Il joignit plus tard à cet ouvrage quelques réflexions critiques contre les détracteurs de
l'antiquité. Il voulait défendre la cause classique à
laquelle il était toujours resté fidèle ; mais dans cette
lutte, sur laquelle nous reviendrons, il n'apportait
plus la force de ses belles années.

Les services que cet esprit sage et droit rendit à la
littérature ne se bornèrent pas à ces divers écrits :
l'influence de sa parole, toujours ferme et franche,
concourut aussi puissamment au triomphe du bon
goût. La ville et la cour finirent par accepter ses

arrêts, que respectait Louis XIV lui-même. Enfin,
et ce serait un de ses principaux titres de gloire,
il s'attribuait aussi l'honneur d'avoir perfectionné
le seul des grands poëtes qui l'ait surpassé comme
versificateur. C'est moi, disait-il, qui ai enseigné à
Racine à faire difficilement des vers faciles.

CHAPITRE XVIII.

LES PREMIÈRES TRAGÉDIES DE RACINE.

Débuts de Racine. — *Les Frères ennemis*. — *Alexandre*. — Défauts de
cette dernière pièce. — Sujet d'*Andromaque*. — Son rapport avec le
génie de Racine.— Caractère un peu factice des personnages. — Extrême beauté du principal.—Comédie des *Plaideurs*. — *Britannicus*.
—Sagesse et froideur de cette pièce.—Erreur commune de Racine et
de Boileau sur les conditions de l'intérêt dramatique. — *Bérénice*. —
Combinaisons défectueuses dans le plan de *Bajazet* et de *Mithridate*.

Parmi les élèves formés par les doctes maîtres de
Port-Royal il s'était trouvé un jeune homme d'une
application assez soutenue pour se familiariser avec
les poëtes antiques et d'une imagination assez ardente
pour dévorer avec passion le texte grec d'un roman
d'Héliodore (*Théagène et Cariclée*). Quelques vers
au-dessous du médiocre avaient seuls révélé chez lui
l'instinct plutôt que le talent de la poésie; et quand,
plus tard, il s'essaya dans le genre lyrique, il ne se dis-

tingua de la foule des rimeurs contemporains que
par une certaine harmonie de langage que ne soutenait encore ni la justesse de la pensée ni la vigueur de
l'expression. Trois odes sur le mariage de Louis XIV
(la *Nymphe de la Seine*, composée en 1660), sur la
convalescence de ce prince (1663) et sur les encourage-
ments qu'il prodiguait aux lettres (la *Renommée aux
Muses*, écrite la même année), nous montrent Racine
payant encore tribut à la manière et au goût de Voiture, au moment où débutait Boileau. Portant la
flatterie jusqu'aux plus puériles hyperboles, il disait
dans la première que le soleil avait eu peur de voir la
jeune reine *éclairer l'univers* au lieu de lui, et dans
la troisième que la vue du roi avait fait perdre aux
Muses le souvenir des cieux. Chapelain reconnut cependant quelques traits heureux dans ces deux morceaux et fit accorder des gratifications à l'auteur, dont
la situation était des plus modestes. Peu après, Molière
lui faisait jeter au feu le manuscrit d'une tragédie
romanesque et lui avançait cent louis sur le prix d'un
autre ouvrage qu'il le chargeait de composer pour
son théâtre. C'étaient les *Frères ennemis*, qui furent
joués en 1664 ; Racine avait alors vingt-cinq ans.

On ne pouvait guère attendre d'un auteur sans expérience une tragédie fortement conçue et d'un effet
puissant. Celle de Racine, peu remarquable par l'étendue de l'action et par la vigueur des caractères, était
cependant conduite avec assez d'habileté. On y reconnaît déjà un esprit sage, capable de saisir les grandes
lois de l'art et de suivre l'exemple des maîtres illustres.
Le style surtout, beaucoup plus ferme que dans ses
odes, souvent même noble et toujours pur, promet-

lait un grand poëte. On pouvait reprocher à la pièce de manquer d'intérêt ; mais ce défaut résultait moins de l'imperfection du plan que de la nature même du sujet, et c'était Molière qui l'avait choisi [1].

Les espérances que donnait un pareil début expliquent et justifient l'accueil favorable que reçurent *les Frères ennemis*. Mais le public se montra plus froid pour une seconde tragédie du jeune auteur, jouée en 1665 et intitulée *Alexandre*. Cette sévérité n'était pas imméritée. Abandonnant la grande manière du vieux Corneille qu'il avait imitée dans son premier ouvrage, Racine s'était jeté dans la fausse voie où le goût de l'époque entraînait Quinault et ses contemporains. L'esprit qui dominait dans sa pièce était celui des romans les plus tendres, à peine tempéré par un peu plus de sagesse et de vérité dans le langage. Mais il y manquait l'action et le mouvement, c'est-à-dire les éléments d'intérêt dramatique qui compensaient à quelques égards la frivolité des fictions à la mode. Les personnages élégants mais froids qu'avait imaginés le poëte dissertaient sans s'animer et arrivaient au dénoûment sans avoir changé d'attitude. En vain Boileau prit-il la défense de la nouvelle tragédie en reprochant l'excès d'intrigue à celles de Quinault : la sobriété de mouvement que Racine devait consacrer plus tard par d'admirables exemples, et qui lui permit de donner aux sentiments intimes un développement jusqu'alors inconnu, ne convient

---

[1] Ce grand homme n'avait pas été plus heureux quand il avait voulu aborder lui-même le genre héroïque, dans *Don Sanche de Navarre* : il n'y avait encore que Corneille qui sût discerner les véritables ressorts de la tragédie.

15.

qu'aux sujets dont la grandeur réelle mérite une attention profonde : des figures imaginaires, que crée
la fantaisie du romancier ou du poëte, ont besoin, pour
fixer nos regards, d'être mises en action avec plus de
hardiesse et de variété. L'*Alexandre* du jeune auteur
avait le caractère chimérique des tragédies romanesques sans offrir le genre d'intérêt qu'elles comportaient : si sa versification harmonieuse et brillante
l'élevait déjà au-dessus d'elles, cette supériorité, qui
devait frapper les connaisseurs, ne suffisait pas pour
captiver le public. Racine vit bientôt sa pièce aban-
donnée et ressentit d'abord vivement l'amertume de
ce premier revers.

Il s'en releva par un chef-d'œuvre : ce fut *Andromaque*, qui parut deux ans plus tard, et qui révéla à
la fois la nature et la portée de son talent.

Le théâtre antique n'admettait guère la peinture
de l'amour que dans la comédie : chez les modernes,
au contraire, cette passion a toujours été regardée
comme une source féconde d'intérêt dramatique, et
il y a peu de tragédies d'où elle soit exilée. Cependant
elle n'y règne guère sans partage, et on aurait pu
croire, avant Racine, qu'elle avait besoin d'être soutenue par le concours d'autres intérêts ou relevée par
le contraste d'autres sentiments. Former le projet
d'un drame héroïque où tous les personnages obéis-
sent à ce seul mobile, c'était aller plus loin dans ce
sens que ne l'avait jamais fait Corneille. Ceux de ses
contemporains qui l'avaient essayé n'avaient su ni
ennoblir leurs créations ni se garder des exagérations
du roman ; et, quel que fût le génie du jeune poète, il
eût peut-être échoué devant les mêmes obstacles si

une heureuse inspiration n'avait offert à sa pensée un
caractère de femme d'une noblesse idéale, et une
affection d'une pureté suprême. Ce fut à Virgile qu'il
emprunta cette belle et chaste image, que le poëte latin n'avait fait qu'esquisser, Andromaque pleurant sur
le tombeau d'Hector et tout entière au souvenir du
héros qu'elle a perdu. Ce type conçu, Racine inventa
le reste de la tragédie pour le mettre en relief. Quoique timide à enfreindre les droits de l'histoire, il
avait compris qu'il fallait retrancher des malheurs
de son héroïne ceux qui portaient quelque atteinte à
la dignité de son caractère. Veuve d'Hector, Andromaque avait appartenu à Pyrrhus, que le sort des
armes lui donnait pour maître. Le poëte lui fit repousser les hommages de ce vainqueur superbe et
préférer ses douleurs de captive et de mère au trône
dont il lui offrait le partage. Pour compléter son
drame, les traditions héroïques de la Grèce lui offraient les personnages d'Hermione et d'Oreste, l'une
épouse de Pyrrhus, l'autre son rival et son meurtrier.
Il n'eut besoin que de retirer à Hermione son anneau
nuptial pour en faire une fiancée inquiète et jalouse,
qui, se voyant sacrifiée à Andromaque, finirait par
armer elle-même le bras d'Oreste contre le prince
ingrat qu'elle aimait. Ainsi se développait une action
vaste, pleine de mouvement, de force et d'intérêt.
Mais il restait au poëte à tracer d'une main à la fois
ferme et délicate ces figures si heureusement group-
pées qui attendaient la vie de son pinceau. Il s'acquitta
de cette tâche avec une supériorité que ses ouvrages
précédents ne faisaient pas encore prévoir, et la nouveauté même des créations dont il enrichissait la

scène devait ajouter à l'admiration qu'elles inspi-
raient.

La nature lui avait donné, avec un génie moins
mâle et moins puissant que celui de Corneille, une
âme plus tendre, sympathique à toutes les émotions
vives, et dont l'extrême sensibilité savait surprendre
ou deviner les mouvements secrets de la passion. Nul
encore n'avait possédé cette intelligence profonde des
affections humaines, et l'art d'en faire ressortir les
nuances diverses. Les fictions romanesques qui flat-
taient la fantaisie de l'époque présentaient bien,
parmi d'étranges égarements d'imagination, quelques
peintures du cœur ingénieuses et fines ; mais l'affectation qui s'y mêlait en détruisait le charme. Racine,
quoiqu'il eût failli un moment se laisser entraîner à
ce faux culte de la galanterie dont son *Alexandre*
conserve les traces, avait puisé dans l'étude des maîtres classiques le sentiment du beau et du vrai. Il sut
allier à ces détails délicats, où se complaisait la société
contemporaine, le naturel et la simplicité que demandait la grandeur de la tragédie; et si *Andromaque*,
écrite avec une élégance moins sévère que ses ouvrages
suivants, n'est peut-être pas toujours le modèle le plus
soutenu de ce goût exquis qu'il devait faire régner sur
la scène française, elle n'en offre pas moins, avec le
développement le plus complet des sentiments intimes,
le retour de l'art moderne aux formes si pures dont
l'antiquité s'était éprise.

Mais en imprimant ainsi au drame un caractère
nouveau, Racine ne paraît pas avoir d'abord beaucoup songé à donner une grande vérité historique
aux personnages qu'il faisait agir et parler. La pas-

sion, telle qu'il la dépeint, accepte à peu près les
formes et les nuances que lui assignait l'usage de son
temps, et on a dit que c'étaient des gentilshommes
français qu'il mettait sur la scène au lieu de héros
grecs. C'est là toutefois un reproche dont il ne faut
pas s'exagérer la gravité. Le public ne demandait
point alors à la tragédie cette exacte réalité que nous
recherchons dans le drame moderne, et à laquelle le
poëte aurait en vain voulu être fidèle sur un théâtre
qui ne permettait pas même d'illusion à ce sujet. Les
acteurs, vêtus au goût du jour, n'offraient aucune
ressemblance avec les personnages dont ils prenaient
le nom, et la scène, envahie par les banquettes où se
pressaient une partie des spectateurs, n'était pas
même assez libre pour que l'imagination pût y chercher l'horizon du monde antique. L'art acceptait donc
assez ouvertement une nature artificielle et toute de
convention, qui ne lui permettait pas d'affecter une
fidélité sévère. Aussi Racine, quel que fût son culte
pour l'antiquité, dont il se fit de plus en plus l'interprète, ne la peignit-il guère qu'au point de vue
qu'adoptait le drame en donnant des formes et un
langage moderne aux grandes figures de la poésie et
de l'histoire. Jeune encore, quand il composait *Andromaque,* il laissa peut-être trop régner dans quelques scènes l'esprit et le ton de l'époque : il devait bientôt se tenir plus près de la réalité dans *Britannicus*
et surtout dans *Athalie.* Mais il est douteux que l'imitation historique eût pu devenir vraiment complète
quand tout était faux dans l'appareil théâtral.

C'est donc la vérité artistique et non la ressemblance réelle qui fait le mérite ordinaire de ses por-

traits ; mais cette vérité s'élève quelquefois jusqu'à
l'idéal. Il faudrait citer presque tout le rôle d'Andromaque pour rendre justice à cette figure sublime,
qu'ennoblit toute la majesté de la douleur, et qui
réunit les tendresses de la mère à celles de l'épouse.
Dès le premier acte, le poëte a réussi à la peindre
assez grande pour que son refus d'épouser Pyrrhus
nous paraisse légitime. Accablée ensuite du danger
de son fils, navrée de souffrance et d'humiliation,
elle est contrainte de recourir à sa pitié ; mais alors
encore chaque mot nous fait reconnaître chez cette
captive qui supplie la fierté qui dédaigne, la fidélité
qui s'indigne, la religion du souvenir qui repousse
toute profanation. Une seule fois elle essaye de racheter les jours de son fils en faisant fléchir devant
Pyrrhus cette fierté qui l'offense ; mais à l'instant
même où elle l'implore, c'est l'image de son époux
qui remplit sa pensée, elle l'invoque encore en parlant à son ennemi :

> Jadis Priam vaincu fut respecté d'Achille,
> J'attendais de son fils encor plus de bonté...
> Pardonne, cher Hector, à ma crédulité !

Et un moment après, quand il dépend d'elle d'armer
Pyrrhus contre les Grecs et de lui faire abjurer les
exploits qui l'ont rendu si célèbre, elle ne répond
que par ce cri de douleur admirable :

> Dois-je les oublier, s'il ne s'en souvient plus ?
> Dois-je oublier Hector privé de funérailles,
> Et traîné sans honneur au pied de nos murailles ?

Dois-je oublier mon père à mes pieds renversé,
Ensanglantant l'autel qu'il tenait embrassé ?
Songe, songe, Céphise, à cette nuit cruelle
Qui fut pour tout un peuple une nuit éternelle;
Figure-toi Pyrrhus, les yeux étincelants,
Entrant à la lueur de nos palais brûlants.
Sur tous mes frères morts se faisant un passage,
Et, de sang tout couvert, échauffant le carnage;
Songe aux cris des vainqueurs, songe aux cris des mourants,
Dans la flamme étouffés, sous le fer expirants;
Peins-toi dans ces horreurs Andromaque éperdue :
Voilà comme Pyrrhus vint s'offrir à ma vue;
Voilà par quels exploits il sut se couronner,
Enfin, voilà l'époux que tu me veux donner !
Non, je ne serai point complice de ses crimes;
Qu'il nous prenne, s'il veut, pour dernières victimes !

Cette généreuse indignation, si noblement dépeinte
et si bien justifiée, doit cependant céder à l'empire de
l'amour maternel. Il faut que l'épouse, qui vient de
nous dévoiler son cœur, s'immole à la mère et ré-
tracte en frémissant des refus qui seraient l'arrêt de
mort de son fils. Mais ce retour n'a rien qui la rabaisse
ou qui l'affaiblisse : c'est un nouveau trait de dévouement. Prête à se sacrifier à la mémoire d'Hector, elle
se rappelle les derniers adieux du héros et la prière
qu'il lui a faite de veiller sur l'enfant qu'il allait laisser
orphelin. Elle retrace avec une pieuse émotion cette
entrevue suprême, la scène la plus touchante de l'Iliade,
qui reçoit une nouvelle solennité des douleurs qu'elle
réveille. Trahir Hector ou perdre Astyanax, son
cœur s'y refuse également; et en présence de la nécessité qui l'y condamne, elle ne peut se résoudre à
prononcer elle-même. Que l'ombre du héros lui

dicte donc l'arrêt de sa destinée : lui seul en a le
droit. — Allons, dit-elle,

Allons sur son tombeau consulter mon époux !

L'art n'a peut-être jamais donné à un portrait de
femme autant de noblesse et de perfection ; et cependant, à côté de cette création merveilleuse qui inspire
l'enthousiasme de l'admiration, un autre genre d'intérêt vient encore s'attacher à une figure moins sublime, mais non moins dramatique, celle d'Hermione
livrée aux transports impétueux d'un amour jaloux.
Racine nous la montre fière, ardente, emportée et
joignant tous les artifices de la passion à toutes ses
fureurs. Si elle est bien moins touchante qu'Andromaque, elle produit à peine moins d'effet au théâtre,
tant il y a de mouvement, de force et de profondeur
dans ce second rôle. Quelquefois même on l'a cru
supérieur au premier, parce qu'il est plus facile à
saisir et surtout à rendre. Hermione a été le triomphe
de beaucoup d'actrices : rarement il s'en est trouvé
qui ne fussent pas au-dessous de la majesté d'Andromaque.

Il y a un peu moins de vigueur dans les figures de
Pyrrhus et d'Oreste, qui ne sont pas aussi fièrement
dessinés que les héros de Corneille ; mais ils ne
manquent pourtant ni de couleur ni de relief. Si
Pyrrhus sort assez peu du cadre habituel des princes
imaginaires qui remplissaient encore les romans de
leurs désespoirs amoureux, Oreste a des traits plus
neufs et d'une invention plus remarquable. Il émeut,
il fait frémir quand il consent à servir la vengeance

d'Hermione, tout en s'apercevant qu'elle ne l'aime
pas et qu'elle l'entraîne à une action qu'il déteste.
C'est le fatalisme de la passion devenue implacable et
acceptant de sang-froid le crime comme un arrêt du
malheur.

Tels furent les principaux éléments du succès
d'*Andromaque*. Il faut y joindre la magie du style,
sur laquelle il serait superflu d'insister encore, tant
elle a été généralement proclamée. A partir de cette
époque, le poëte n'a plus de rivaux pour l'élégance, la
grâce, l'harmonie et la pureté. L'estime des connaisseurs était également due à la sagesse du plan et à
l'étroite observation des règles, auxquelles Racine se
conforme bien plus scrupuleusement que Corneille.
C'était un genre de mérite qu'on a longtemps placé
un peu trop haut et qu'on n'estime peut-être plus
assez aujourd'hui.

La comédie des *Plaideurs* suivit *Andromaque*.
Comme *le Menteur* de Corneille, c'est un ouvrage
où brillent surtout la grâce et la facilité de l'esprit;
mais Racine va jusqu'à la bouffonnerie, et prend, de
son propre aveu, Aristophane pour modèle. S'il
n'épargne ni l'avidité des juges de son temps, ni l'esprit de chicane et la mauvaise foi des plaideurs, c'est
surtout en parodiant l'éloquence du barreau qu'il
donne un libre essor à sa verve railleuse. L'érudition
pédantesque dont s'affublent tour à tour maître Petit-
Jean et maître l'Intimé, leur emphase, leurs divaga-
tions, leur mauvais goût, sont la satire vivante des
défauts qu'étalaient avec orgueil la plupart des ora-
teurs de l'époque; et quoique ces défauts aient à peu
près disparu, la critique mordante du poëte n'a pas

2.   16

encore perdu tout intérêt aujourd'hui. La pièce est
d'ailleurs écrite avec tant d'esprit et de gaieté qu'elle
captive sans cesse le lecteur par une foule de traits
heureux. A peine Racine, en esquissant ces scènes
burlesques, montre-t-il moins d'élégance et de pureté que dans la tragédie. Un seul mot d'un goût
douteux lui échappe en parlant d'un huissier :

Ses rides sur son front gravaient tous ses *exploits*..

Tandis que le poëte semblait ainsi se reposer
d'efforts plus sérieux en ébauchant d'un crayon fin et
léger quelques images comiques, il méditait un ouvrage d'un caractère plus mâle, qui pût égaler en
force et en élévation les chefs-d'œuvre de Corneille.
Andromaque, malgré l'éclat de son succès, malgré
les beautés du premier ordre que nous y avons
reconnues, ne laissait pas que de rappeler par ses
peintures tendres et passionnées les séductions du
roman : pour faire taire l'envie qui s'emparait de
cette conformité, il fallait emprunter aux pages plus
sévères de l'histoire un sujet assez grave, assez profond pour frapper le penseur et le politique. Il crut
l'avoir trouvé dans le premier crime d'État de Néron
et composa *Britannicus*.

C'étaient sans contredit des scènes d'une nature
tragique et pleines d'une sombre grandeur que celles
qu'il entreprenait de dépeindre, Néron brisant les
derniers liens qui enchaînaient sa jeunesse, dépouillant
enfin la crainte de sa mère et le masque de la vertu,
et dévoilant à Rome effrayée la cruauté du tyran qui
va régner sur elle. Tacite, en dessinant avec sa su-

périorité ordinaire les hommes et les choses de cette
époque, avait, pour ainsi dire, esquissé d'avance le
fond du drame, et Racine n'avait qu'à suivre les traits
de son burin pour donner à chaque image autant de
poésie que de vérité. Reconnaissant la perfection de
ce modèle sublime, il n'essaya de l'égaler qu'en l'imitant avec une sage fidélité. Lui-même nous en avertit,
et avoue que *Britannicus* était celle de ses tragédies
qu'il avait le plus travaillée. Cependant elle n'obtint pas
le succès qu'il en avait attendu, et, quelque talent
qu'on y admire, elle est loin de tenir le premier rang
parmi ses ouvrages.

Deux causes semblent avoir concouru à cette réus-
site imparfaite : le poëte avait méconnu son génie en
abordant un sujet où le sentiment ne pouvait s'allier à
la vérité historique, et il s'était trompé sur les conditions de l'intérêt théâtral en n'attachant ni péril ni
difficulté au crime dont il nous offre le tableau. L'action dramatique se borne presque à une lutte morale
dont le résultat ne saurait même paraître incertain ;
nous savons trop que Néron ne sera pas longtemps
retenu par ses scrupules, et à l'exception de ses scrupules nous n'apercevons rien qui puisse l'arrêter [1].

---

[1] Racine n'a pas même donné à Britannicus l'intelligence qui
devine les dangers ou l'audace qui les brave. Victime aveugle et
désarmée, il n'est protégé un moment que par l'intervention
d'Agrippine et de Burrhus, qui n'ont eux-mêmes aucun moyen
de le sauver, si Néron veut sa perte. Or Néron pressentait déjà
dans ce jeune prince un adversaire politique ; il vient encore de
rencontrer en lui un rival, et la passion se joignant à l'intérêt
pour le pousser au crime, il ne peut être qu'impitoyable. Le
poëte, il est vrai, suppose qu'il est resté vertueux jusqu'alors, et

Il ne reste donc pour attacher le spectateur que le
prestige d'une peinture savante et la fidélité admirable des caractères; mais les grands ressorts de la
terreur et de la pitié n'agissent que faiblement, et
nous ne rencontrons pas ici, comme dans *Cinna* et
dans *Polyeucte*, des types d'héroïsme et de grandeur
idéale qui au lieu d'émotion inspirent l'enthousiasme.
Racine, il est vrai, nous fait admirer Burrhus, vertueux maître d'un élève rebelle à la vertu; mais ce
personnage secondaire ne peut concentrer sur lui
l'intérêt.

La figure la plus dramatique de la pièce est celle
d'Agrippine, cette mère ambitieuse et passionnée
qui dispute encore le pouvoir à son fils et dont nous
entrevoyons déjà la perte inévitable. Entre elle et
Néron il y a une lutte plus sérieuse qu'entre Néron
et Britannicus : mais cette lutte encore contenue, et
dont le dénoûment est réservé à l'avenir, n'offre pas

qu'il éprouve des scrupules assez forts pour désarmer sa haine.
Mais quoique l'histoire nous le montre d'abord cachant son caractère féroce, est-il possible au spectateur moderne d'oublier un
instant toutes les idées de violence et de cruauté qui se rattachent au nom même de Néron ? Sa mère le lui déclare devant
nous :

> ...Ton nom paraîtra dans la race future
> Aux plus cruels tyrans une cruelle injure.

Aussi n'espère-t-on pas qu'il épargne son ennemi, dont la
perte est assurée dès que leur antagonisme s'est déclaré. On
assiste au sacrifice de Britannicus sans douter un moment du
résultat, et Racine lui-même donne si peu d'importance à sa
chute, que la tragédie se prolonge encore de quatre scènes après
qu'il est mort.

plus d'incertitude que la première : pour vaincre, le tyran n'a qu'à frapper, et s'il ne le fait pas encore, il s'y prépare déjà.

C'est donc le manque d'intérêt de l'action qui nuit à l'effet de cette œuvre si achevée, dont chaque partie, prise séparément, offre une rare beauté. *Britannicus* est un tableau inanimé qui semble pâle et froid à côté de ceux de Corneille, quoique chaque détail y soit traité plus savamment. Il y a une scène secondaire où les deux poëtes se rencontrent, celle où Néron est entraîné au crime par l'affranchi Narcisse, comme dans *Cinna* Maxime par l'affranchi Euphorbe. Ici la comparaison est tout à l'avantage de Racine, qui a beaucoup mieux rendu les nuances de la passion graduellement réveillée. Mais le résultat est bien différent quand on met en regard les parties capitales des deux ouvrages; les personnages de Racine n'ayant guère que la force et l'éclat qui résultent de leur nature, tandis que ceux de Corneille semblent s'agrandir de l'intérêt des situations.

Cette faiblesse des ressorts dramatiques, qu'on remarque dans *Britannicus* et dans quelques pièces composées ensuite par Racine, paraît avoir le même principe que la fausse doctrine de Boileau sur le terrible. Il semblerait que les deux poëtes, entre lesquels régnait alors une parfaite conformité d'opinions, ne comprissent pas encore toutes les exigences du drame. Ils regardaient comme suffisante la sympathie qu'excitent des figures peintes avec art, et ne voyaient pas qu'il fallait encore les animer du mouvement le plus vif, leur prêter une force suprême, et les engager dans ces épreuves redoutables dont le spectacle

16.

est plein d'émotion. Ainsi s'explique l'infériorité des
trois ou quatre tragédies qui suivent *Andromaque* :
la perfection en est la même au point de vue qu'adoptait Racine; mais l'effet dramatique qu'il avait ren-
contré dans une première combinaison ne se retrouve
plus dans les autres, le poëte n'en ayant point réuni
les éléments. On ne peut donc y admirer que cette
délicatesse de pinceau, cette profondeur d'observation, cette élégance de poésie qui le distinguent de
tous ses rivaux; en vain y chercherait-on la puissance
d'intérêt qui est le caractère propre de la tragédie.

Nous ne jetterons qu'un coup d'œil rapide sur ces
créations moins fortes.

Bérénice, dont le sujet avait été choisi par une
princesse d'un esprit brillant et d'une imagination
romanesque (Henriette d'Angleterre, belle-sœur de
Louis XIV), fut commandée par elle en même temps
à Racine et à Corneille. Ce dernier, déjà sexagénaire,
devait échouer dans une lutte où son jeune rival avait
d'autant plus de chances de succès que le ton de
l'ouvrage devait être plus tendre. Mais la faveur avec
laquelle fut accueillie la pièce de Racine, le charme
qu'elle peut offrir comme peinture du cœur, les
larmes que sa lecture arrachait encore à Voltaire, ne
légitiment qu'à demi cette tragédie incomplète où
l'événement se borne au triomphe du devoir sur la
passion dans l'âme d'un héros amoureux.

Il y a plus d'invention et de mouvement dans *Bajazet*, où le fait historique n'est pas sans intérêt. Nous
rencontrons même dans cette pièce un des caractères
les plus mâles et les plus complets qu'on eût vus ap-
paraître sur la scène, celui du vizir Acomat. Mais ce

vieux capitaine, qui est l'âme de toute l'action, n'est pas le héros de la pièce, et Bajazet se trouve dans la situation la plus fausse où puisse être placé un personnage héroïque. Pour s'élever au trône, il lui faut le secours criminel d'une femme qui s'est éprise de lui : il la paye d'une fausse tendresse et la trompe en recevant d'elle un appui honteux. Le poëte, il est vrai, n'épargne rien pour atténuer ce qu'il y a d'immoral dans ces relations où l'intérêt politique prend le masque de l'amour. Bajazet ne s'y prête qu'avec répugnance, et finit par préférer la mort à l'ignominie d'une affection jouée. Mais ce sont là des tableaux au-dessous de la grandeur tragique, et si, aux yeux de la société contemporaine, la passion suffisait pour excuser d'étranges désordres, il n'en faut pas moins regretter que Racine ait eu la même indulgence, le même aveuglement. Il se laissait dominer par l'exemple, et Boileau à son tour, de peur de blesser un ami dont il connaissait l'extrême sensibilité, consentait à écrire vers cette époque (1672) que la peinture de

> L'amour, fertile en tendres sentiments,
> Est pour aller au cœur la route la plus sûre.

Il semblerait pourtant que Racine eût déjà entrevu combien était quelquefois déplacée cette tendresse banale de tous les héros de tragédie. Acomat s'en défend comme d'une faiblesse méprisable chez un guerrier, chez un homme d'État, surtout chez un vieillard; et Acomat intéresse au moins autant que Bajazet lui-même. Mais le poëte n'osa pas rester fidèle à sa propre leçon dans la pièce suivante, et *Mithridate* nous offre un personnage tout aussi sévère, retombant sous l'empire accoutumé de la passion.

C'était une heureuse idée de mettre sur la scène ce vieil et redoutable ennemi des Romains, plus dangereux dans ses revers que les autres rois dans leurs triomphes. L'auteur lui donne autant de génie que de haine, autant de majesté que de courage, et, trouvant dans Salluste l'indication de ses vastes projets de guerre, il les lui a fait développer avec une fierté imposante. Mais à ces grands traits d'une figure royale viennent se mêler les violences d'un amour qui n'est en harmonie ni avec son âge ni avec sa fortune. Mithridate livre tour à tour à la tendresse et à la jalousie « un cœur qu'ont endurci la fatigue et les ans, » et l'objet de sa passion est une belle Grecque, qui a inspiré le même attachement à ses deux fils. Dans cette malheureuse rivalité, le héros perd le prestige qui s'attachait à lui, sans que nous puissions nous intéresser bien vivement au jeune prince qui lui est préféré, mais qui ne l'égale ni en gloire ni en génie. Ce n'est pas qu'il n'y ait de la noblesse dans le caractère de Xipharès, fils dévoué d'un père rigoureux, souvent même injuste ; mais par cela même qu'il n'est pas le plus grand des personnages que nous offre le poëte, il ne saurait exciter chez le spectateur qu'un sentiment de sympathie et non d'enthousiasme. On remarque même que son amour pour Monime est assez faible, et il le fallait pour atténuer ce qu'il y a de choquant dans ces luttes de la passion au sein de la famille.

Ce n'est pas une indifférence aveugle pour les

beautés de Racine, ou une partialité systématique en
faveur de son rival, qui nous fait signaler ainsi avec
quelque audace les imperfections d'une partie de ses
ouvrages. Mais il semble que les éloges qu'il mérite
toujours comme écrivain et comme poëte aient fait
trop souvent oublier que ses différentes pièces ne
sont pas d'une valeur égale, et que cette inégalité
tient surtout à la conception du sujet. Nous le ver-
rons bientôt, appliquant le même talent à des données
plus dramatiques, s'élever sans plus d'efforts à une
hauteur merveilleuse, et justifier cette admiration
sans bornes qu'ont professée pour lui la plupart des
critiques français.

CHAPITRE XIX.

DERNIÈRES TRAGÉDIES DE RACINE.

L'*Iphigénie* d'Euripide offre le fond de la pièce française. — Ce que
Racine y ajouta. — Caractère de ses personnages.— *Phèdre.*— Problème moral que présente le drame grec et que Racine a développé
— Pièces sacrées. — *Esther.* — *Athalie.* — Ressources dont le poète
a fait usage dans cette dernière tragédie. — Grandeur et simplicité
du plan. — Artifice de Joad. — Insuccès de la pièce au théâtre. —
Ses causes. — Influence de Racine sur la poésie française.

L'intelligence de l'art, si développée chez les anciens, ne règne nulle part avec plus d'éclat que dans
le drame grec. Là surtout la grâce et la majesté des
images s'unissent à l'harmonie de l'ensemble, et, soit
que dans les créations du poète on cherche le sens
moral ou l'effet artistique, on y reconnaît également
le sentiment du beau et l'empreinte du génie. Racine,
qui s'inspirait avec amour de leurs ouvrages, n'en

avait encore imité que des fragments; mais la pensée lui vint à la fin de reproduire une tragédie tout entière, en l'appropriant à la scène moderne. Il rendait ainsi un juste hommage à la perfection de l'art antique, et se préparait à lui-même une tâche plus féconde, un triomphe plus complet.

Ce fut Euripide, le plus passionné des tragiques anciens, qui lui fournit le sujet et en partie le modèle d'une pièce dont l'action, plus simple que celle d'*Andromaque*, devait se développer d'une manière aussi forte et aussi touchante. Rien de plus intéressant que l'Iphigénie du poëte grec, sacrifiée par son père à la cause de la patrie et marchant à l'autel avec un triste mais généreux dévouement. Cet héroïsme de la résignation, qui siérait mal à un caractère viril (et qui n'avait relevé ni Bajazet, ni Xipharès), est celui qui donne le plus de noblesse à la femme, et la victime douce et pure, tombant sans accuser la main qui la frappe, inspire autant d'admiration que de pitié. Autour d'elle, peu de figures : la douleur sombre d'Agamemnon qui chérit sa fille et ne peut que l'immoler, le désespoir de Clytemnestre qui voudrait en vain la défendre, complètent le drame grec resserré dans des bornes plus étroites que la tragédie moderne. Achille et Ménélas n'apparaissent que sur le second plan.

Pour transporter sur la scène française cette belle création, il fallait l'étendre et en changer le dénoûment. Ce dernier point était de rigueur, la pièce antique finissant par un miracle de Diane que le théâtre ne peut plus admettre. Racine mit à côté d'Iphigénie une rivale secrète dont la haine voulait hâter sa perte, mais sur laquelle tombait à la fin le coup fatal. En même temps, il supposa son héroïne fiancée à ce vaillant Achille, dont le bras invincible pouvait encore, même après l'oracle de Calchas et l'arrêt d'Agamemnon,

Épouvanter l'armée et partager les dieux !

Cette combinaison nouvelle lui offrit l'avantage de soutenir jusqu'à la fin l'intérêt de l'action et l'incertitude du spectateur. Déjà Euripide avait fait marcher Achille à l'autel, quoique sans amour, pour y protéger la vierge infortunée qui avait invoqué son nom ; mais l'histoire et la mythologie nationale ne lui permettaient pas de répandre quelque doute sur l'accomplissement du sacrifice. L'auteur français, au contraire, ne faisant point mourir Iphigénie, devait laisser luire jusqu'au dernier moment quelque rayon d'espoir, et c'est l'amour d'Achille qui lui en fournit le moyen. Quel que soit le danger qui la menace, le spectateur comprend que le héros grec ne saurait laisser périr sans défense celle qu'il regardait déjà comme son épouse. L'action devient donc plus vive à mesure qu'elle avance vers la catastrophe, et, sous ce rapport surtout, la pièce offre l'heureuse application des lois de l'art.

Ce n'est pas que la critique n'y puisse trouver aucune partie faible. Des peintures d'amour et de jalousie, conçues d'après les idées modernes, viennent se mêler assez malheureusement aux fragments du drame antique. Tout le rôle d'Ériphile (la rivale d'Iphigénie) a un caractère d'emprunt qui atteste sa nouveauté. Celui d'Achille lui-même n'est pas sans

une teinte romanesque, et, en général, dans toutes
les scènes où le poëte ne suit pas Euripide, il retombe
un peu dans cette nature de convention qui régnait
encore au théâtre. Mais hâtons-nous d'ajouter qu'il la
rend quelquefois si élégante et si noble, qu'on préfé-
rerait à peine plus de vérité. Ainsi, dans une magnifique scène où Achille accuse et menace Agamemnon,
la perfection des formes et la dignité exquise du
langage nous ramènent sans cesse à la cour de
Louis XIV. Ce ne sont plus là les figures tracées par
Homère, pas même celles des tragiques athéniens,
dont la colère est plus naïve ; mais il y a tant de
charme et de grandeur dans ces images artificielles
qu'on s'incline devant leur beauté comme devant
l'idéal.

C'est une étude curieuse que de comparer les personnages des deux pièces. Mais il faut se reporter au
temps de Racine pour comprendre certaines nuances
qu'il a données à son Agamemnon et à son Iphigénie.
Le roi des rois a une majesté plus fastueuse dans
l'ouvrage français ; sa fille, avec moins d'abandon et
de naïveté, a peut-être plus de froideur que chez le
poëte grec. Il semble qu'on oserait aujourd'hui conserver quelques passages d'une vérité touchante que
l'auteur français a craint de reproduire, comme les
exclamations d'amour et de douleur du père en parcourant des yeux les traits, la chevelure, les blanches
épaules de sa fille. Mais le goût des contemporains
de Racine voulait plus de réserve. Il n'admet que les
traits les plus purs du tableau d'Euripide, et retran-
che impitoyablement les détails superflus ou hasardés. Mais quoiqu'il conserve l'avantage dans sa lutte

contre ce grand maître, il ne l'efface entièrement
que dans le rôle de Clytemnestre, où il s'élève par
ses propres forces à une hauteur de sentiment et de
poésie que rien ne peut surpasser.

Le succès le plus brillant couronna cette fois les
efforts du poëte, et la postérité devait y souscrire.
Iphigénie, sans être la plus vraie, ni la plus profonde,
ni la plus imposante des tragédies modernes, est la
composition la plus harmonieuse où l'art ait déployé
sa puissance.

Encouragé par ce triomphe, Racine voulut puiser
une seconde fois à la même source. Il fit choix d'un
drame moins parfait, mais où la passion éclatait avec
plus de force, l'*Hippolyte* d'Euripide, dont il tira sa
tragédie de *Phèdre*. Ce nouvel ouvrage, d'une exécution aussi admirable que le précédent, semblait
destiné au même succès, et il a été rangé depuis
longtemps parmi les chefs-d'œuvre de la scène. Cependant une cabale jalouse réussit d'abord à le faire
tomber (1677), sans qu'on puisse encore se rendre
bien compte de la rigueur que montrait le public :
car, si l'action de la pièce n'offre pas un intérêt très-
soutenu, — et c'était là surtout ce qu'on lui reprochait,
— ce défaut est aussi sensible dans la plupart des
tragédies de l'époque, écrites, comme on l'a déjà vu,
pour une scène pleine d'entraves. C'était l'envie qui
se vengeait de l'auteur, et cette vengeance d'un jour
ne devait pas l'atteindre dans l'avenir.

Un reproche plus grave, au point de vue même de
l'art, serait celui qui s'adresserait à la moralité du
drame que Racine avait choisi. Mettre sur la scène
un amour presque incestueux et rendre suppor-

table au spectateur cette image blessante, c'était se
placer sur une pente dangereuse. Le poëte, dit-on,
fut approuvé par le sévère Arnauld, qui déclara
Phèdre une pièce morale. Nous croyons qu'Arnauld
se trompait, et la question est assez importante
pour mériter d'être approfondie.

Euripide, en esquissant cette peinture hardie,
avait compris que Phèdre choquerait la pudeur publique si elle avait l'audace de son crime. Pour
qu'elle pût intéresser, il fallait nous la montrer innocente, et il osa l'entreprendre. Dans sa pièce, Vénus
seule est coupable : car c'est d'elle que vient la passion irrésistible qui dévore la malheureuse princesse,
malgré tous les efforts de sa raison et de sa vertu. Si
Phèdre, accablée de honte et de remords, n'a pu
étouffer le sentiment fatal qui la domine, elle est
prête à mourir sans avoir trahi son devoir. Devenue
ainsi plus digne de pitié que de haine, elle arrache
des larmes au spectateur qui ne peut refuser sa sympathie à une infortune si grande et si peu méritée.

C'était là une conception vraiment dramatique dans
l'ordre d'idées accepté par les Grecs : car le paganisme admettait que le pouvoir de la passion est
supérieur à celui de la volonté humaine, et que l'âme
n'a pas assez de force pour lui résister. Mais le
christianisme et la morale des peuples modernes
repoussent cette supposition impie, qui ôterait toute
responsabilité au coupable. Nous ne saurions concevoir le crime s'imposant à l'homme avec une force
irrésistible, et devenant ainsi une fatalité. Pour
nous, Phèdre égarée par la passion n'en est pas
moins criminelle.

Sans méconnaître ouvertement ce principe, le poëte
français a laissé au personnage tracé par Euripide le
même caractère et la même attitude. Il va plus loin, et
surprend, en quelque sorte, notre pitié en faveur de
la coupable au moment où elle achève enfin de perdre
la raison et la retenue. Étrange triomphe de l'art
qui nous aveugle en s'égarant! Jamais Racine n'avait
déployé un talent aussi magique que dans la scène
où cette passion insensée dévoile toute sa violence.

Phèdre, qui n'aspirait qu'à mourir sans revoir
Hippolyte, est contrainte de solliciter son appui pour
l'enfant qu'elle va laisser orphelin. Cette démarche
si pénible est un devoir pour elle; car, dans ses
efforts pour vaincre son amour, elle est allée jusqu'à
traiter le fils de Thésée en ennemi, et il en conser-
verait peut-être un souvenir funeste. Laissons parler
le poëte :

> Mon fils n'a plus de père, et le jour n'est pas loin
> Qui de ma mort encor doit le rendre témoin.
> Déjà mille ennemis attaquent son enfance,
> Vous seul pouvez contre eux embrasser sa défense.
> Mais un secret remords agite mes esprits;
> Je crains d'avoir fermé votre oreille à ses cris;
> Je tremble que sur lui votre juste colère
> Ne poursuive bientôt une odieuse mère !
>
> . . . .
>
> . . . . . Vous m'avez vue attachée à vous nuire,
> Dans le fond de mon cœur vous ne pouviez pas lire!
> A votre inimitié j'ai pris soin de m'offrir...
> Si pourtant à l'offense on mesure la peine,
> Si la haine peut seule attirer votre haine,
> Jamais femme ne fut plus digne de pitié,
> Et moins digne, seigneur, de votre inimitié.

Une situation si cruelle nous contraint, en effet, à plaindre cette victime encore pure qui succombe sans avoir failli ; mais au moment où ses souffrances muettes, ses longs efforts et le sacrifice qu'elle fait de sa vie, excitent en nous la compassion et l'attendrissement, un aveu coupable vient se mêler à ses larmes, et troubler les nôtres. A peine pourtant distinguons-nous, dans le délire où elle tombe, le moment où sa volonté devient complice de sa faute. La lutte qui continue ou qui se réveille entre la passion qui l'égare et les souvenirs de vertu encore gravés dans son âme, prolonge notre pitié au delà du terme marqué par la raison, par la conscience ; et nous confondons à notre tour le crime avec le malheur.

Cette séduction dangereuse qu'exerce le poëte, et à laquelle il cède lui-même, fasciné par l'image qu'il vient de concevoir, est-elle contraire à l'intérêt dramatique comme au sens moral? La question peut d'abord paraître douteuse dans une pièce dont toute l'action est fondée sur cet amour criminel qui en fait le nœud, et qu'on ne supporterait pas si la peinture n'en était adoucie. Telle est la nature du sujet que, si Phèdre ne fait pas illusion, le tableau devient hideux. Mais ce n'est pas impunément que Racine nous intéresse à elle. Cette passion ardente, impétueuse, inexorable, dont il nous force à suivre les transports, fait en quelque sorte pâlir tout ce qui l'entoure. L'affection innocente d'Hippolyte pour une jeune captive (Aricie) n'éveille aucune émotion chez le spectateur, et c'est à peine si le danger où tombe ensuite ce prince vertueux nous touche aussi

17.

vivement que ces mouvements désordonnés de l'âme
dont le spectacle nous a captivés malgré nous.

Phèdre fut la dernière des tragédies profanes de
Racine. Trop sensible au triomphe momentané de la
cabale qui s'était formée contre lui, il renonça brusquement au théâtre, et n'écrivit guère pendant les
douze années suivantes que quelques morceaux historiques de peu d'importance (la première partie de
l'*Histoire de Port-Royal*, et la *Relation du siége de
Namur*). On eût pu croire, à ce long silence du
poëte, que son imagination s'était éteinte et sa verve
glacée; mais madame de Maintenon l'ayant enfin
prié de composer deux tragédies religieuses pour
les élèves de Saint-Cyr, il fit *Esther*, où il se montra
égal à lui-même, et *Athalie*, où il s'éleva plus haut
que jamais.

Esther n'a que trois actes: l'auteur n'avait pas
voulu imposer à de jeunes filles la représentation
d'un drame très-développé, et il se borna presque à
mettre en vers quelques scènes tirées de la Bible[1].
Mais le charme que sa poésie répand sur ces gracieuses esquisses est inexprimable. Jamais paroles
plus suaves ne furent destinées à des bouches plus
pures. Des chants pieux, sous la forme de chœurs,
se mêlent naturellement à l'action comme dans le
drame primitif. Ce n'était ni un essai capricieux ni
un ornement de circonstance; le caractère solennel

---

[1] La fidélité du poëte à suivre le texte biblique est même
portée trop loin au dénoûment. Aman s'est jeté aux pieds d'Esther pour demander grâce; Assuérus se méprend à son intention
et s'écrie :

Quoi ! le traître sur vous porte ses mains hardies !

d'une pièce religieuse admet ces intermèdes lyriques
qui sont ici parfaitement amenés par le sujet, et en
harmonie avec sa nature. Considérés à part, ces
chœurs sont un chef-d'œuvre dont tous les critiques
ont exalté la perfection On peut cependant y remarquer des formes que les lyriques n'ont point admises.
Les strophes en sont irrégulières, et le poëte y fait
souvent alterner des vers de mesure presque égale[1].

Le succès d'*Esther* enhardit Racine à choisir un
sujet plus vaste pour une seconde épreuve ; il avait
trouvé des interprètes intelligents dans ces jeunes
filles élevées avec un soin admirable, qui représentaient sa pièce revêtues de costumes orientaux et
dégagées de l'entourage qui gênait les acteurs ordinaires. Il est permis de croire que l'effet de cette
représentation plus libre et plus vraie fut pour quelque chose dans la manière dont il conçut son nouvel
ouvrage ; car *Athalie* réunit à la sévérité historique
le mouvement théâtral. Aucun des personnages
n'offre rien qui soit moderne, ni le grand prêtre,
géant de marbre qu'on dirait taillé par le ciseau
antique, ni la fière Athalie, simple dans sa grandeur

---

[1] Les strophes des chœurs antiques sont d'une régularité parfaite, comme celles de nos odes, et les opéras modernes nous
offrent le même exemple. Il est donc probable que Racine eût
obéi au génie de la poésie lyrique en subissant cette loi. Mais
il semble surtout avoir tort d'entremêler des vers à peu près
semblables. L'oreille, qui n'en saisit pas bien la différence, est
choquée d'une inégalité confuse dont elle ne trouve pas la mesure. Les lyriques ont toujours évité le croisement de l'alexan-
drin avec le vers de dix syllabes et les autres rapprochements de
ce genre : il faut que les vers qui se suivent soient égaux ou
tout à fait différents.

comme dans sa colère, ni le brave Abner, chez qui le langage du soldat n'est que celui du citoyen. D'un autre côté, les masses pénètrent sur la scène, et le dénoûment, qui était en récit dans *Iphigénie* et dans *Phèdre*, s'opère ici par un coup de théâtre. Ce sont là des traits caractéristiques qui nous montrent ce que le poëte aurait fait si l'art avait eu de son temps les mêmes ressources que du nôtre. On sourit de voir dans le quatrième acte Joad tirer de sa main auguste le vaste rideau qui doit cacher Joas sur son trône. C'est l'enfance du mécanisme théâtral; mais c'est aussi la première fois que ce mécanisme est approprié à la tragédie, depuis le char magique où Corneille, à son début, avait fait asseoir Médée.

Le sujet d'*Athalie* rappelle par sa simplicité celle des drames antiques. Un enfant caché dans l'ombre du temple est l'héritier du trône de David, et il y remontera suivant la volonté divine. Il n'y a place là ni pour les profondes combinaisons, ni pour les passions brûlantes; à peine le poëte y trouvera-t-il la matière d'un petit nombre de tableaux. Une exposition majestueuse remplit le premier acte. Au second, Athalie aperçoit dans le temple même le jeune orphelin, reconnaît en lui l'ennemi secret dont un songe mystérieux l'a menacée, et l'interroge pour s'assurer des projets formés contre elle. Un moment, elle est touchée de sa grâce naïve; mais l'enfant, incapable de déguiser les sentiments qui remplissent déjà son jeune cœur, laisse éclater pour elle une horreur profonde, et redouble ainsi sa défiance et ses ressentiments. Il ne fallait pas moins qu'une position si délicate et si périlleuse pour faire ressortir

cette figure enfantine de manière à concentrer l'intérêt sur elle ; mais déjà l'action semble épuisée, puisque la reine prévoit le danger, connaît son ennemi
et n'a plus qu'à frapper. Un poëte d'un talent ordinaire, et chez qui le sentiment de l'art aurait été
moins délicat, n'eût pas manqué de recourir à l'invention d'incidents compliqués pour jeter quelque
mouvement dans le reste de la pièce. Racine seul
était capable de la soutenir sans efforts et sans artifice. Le troisième acte nous montre le grand prêtre
refusant de livrer l'orphelin au ministre d'Athalie,
et quoique ce résultat fût pour ainsi dire prévu
d'avance, le tableau se trouve suffisamment animé
par la seule figure du lévite apostat qui s'est associé
à une reine idolâtre et qui, sous une tiare d'emprunt, sert sa vieille haine en servant la tyrannie.
Les projets de Mathan, ses artifices, et sa confusion
à la voix de Joad qui prononce sur lui l'arrêt de la
vengeance céleste, suffisent à l'intérêt moral et dramatique de cet acte, et le remplissent presque tout
entier. Le suivant, plus simple encore, ne doit nous
offrir que le sacre de Joas et sa reconnaissance par
les prêtres du temple. Dans la scène du sacre, le
pontife et le jeune prince, qui ne connaît pas encore
sa naissance, se trouvent seuls ; nul faste, nul appareil, nul mouvement dans ce tableau solennel ; les
idées sublimes qui se rattachent à l'inauguration du
roi par le prêtre font la grandeur du spectacle et
captivent l'esprit par leur propre force. Mais le poëte
est moins heureux quand il met ensuite dans la
bouche de Joad une harangue guerrière adressée
aux lévites. Ce n'est pas que ce morceau, considéré

en lui-même, soit dépourvu de vigueur et de beauté ; mais comme ces lévites ne combattront pas, et que leurs précautions militaires se trouveront superflues, c'est peut-être un tort de nous occuper ainsi des préparatifs d'une bataille qui ne doit pas se livrer. Remarquons pourtant que cette faute, s'il faut lui donner ce nom, ne laisse pas que de préparer le spectateur au mouvement et à l'éclat des scènes qui viendront terminer la pièce. Si les glaives des lévites ne versent pas de sang dans le dernier acte, ils avertissent du moins Athalie de sa perte, lorsque, entrée dans le temple pour se faire livrer les trésors de David, elle aperçoit tout à coup Joas sur le trône, et qu'elle se voit entourée elle-même par les « soldats du Dieu vivant. » Ce dénoûment plein de grandeur a été si sagement ménagé par le poëte, que le coup de théâtre qui l'amène paraît lui-même simple, car il résulte de tout ce qui précède, et ne perd rien de son effet, car il efface tout ce qui l'a préparé.

Aux éloges unanimes qu'a obtenus ce dénoûment magnifique se sont mêlés quelques doutes sur la légitimité de la conduite du grand prêtre qui semble tendre un piége à son ennemie en l'attirant dans le temple où la mort l'attend. Racine, en effet, ne s'est pas attaché au récit de l'Écriture qui nous montre Athalie pénétrant d'elle-même dans l'édifice sacré ; il a voulu motiver cette résolution téméraire, et dans ce but, il a prêté gratuitement à Joad un artifice assez odieux. Nous ne croyons pas qu'on puisse le justifier complétement sur ce point ; mais l'erreur ici était celle de l'école et non du poëte. C'était le temps où le zèle contre l'impiété prenait quelquefois, jus-

que dans les mesures du gouvernement, le caractère
de la violence. Racine se laissait entraîner aux opinions exagérées qui avaient alors tant d'écho, et il ne
croyait pas violer l'esprit du christianisme en prêtant
aux jeunes filles de Sion le vœu cruel de pouvoir,

> . . . . . . Comme autrefois Jahel,
> Des ennemis de Dieu percer la tête impie !

C'est cette fausse notion d'un devoir alors mal entendu par presque tous les partis, qui le rend peu
scrupuleux sur les moyens employés par Joad pour
perdre Athalie. Le grand prêtre, à la vérité, ne fait
pas un mensonge formel ; mais il prononce sciemment des paroles qui seront mal comprises, et la
loyauté n'en est pas moins blessée.

Heureusement la morale de l'auteur, défectueuse
en un point, est pure et sublime dans tout le reste.
Jamais le génie de la religion n'avait eu d'interprète
plus majestueux, jamais ses bienfaits n'avaient été
peints avec plus de tendresse. Dans la bouche de
Joad, la foi du poëte revêt une fermeté imposante ;
dans celle de Joas, elle est douce comme l'espérance.
On ne sait qu'admirer le plus, du sentiment ou de
l'expression. Quels vers que ceux qui se gravent
ainsi dans la mémoire de tous ceux qui les en-
tendent ! Et quel art dans leur simplicité ! Quand
nous répétons avec Racine :

> Aux petits des oiseaux il donne la pâture,

qui songerait à chercher l'origine de cette idée si
touchante dans un verset hébreu qui a perdu pour

nous toute sa grâce : « Dieu donne aux quadrupèdes
leur nourriture, ainsi qu'aux petits des corbeaux qui
crient vers lui[1] ? » Souvent aussi la hardiesse du
style signale un nouveau progrès de l'écrivain, qui,
tout en conservant sa merveilleuse pureté, ne craint
pas d'imiter l'audace de Corneille. Il ennoblit quelques mots vulgaires (comme celui de *chiens*), il étend
le sens de quelques autres (comme *fidèle en ses me-
naces*), il crée des images dont l'éclat égale la nouveauté, comme dans ce beau vers :

> Et de David éteint rallumer le flambeau.

Tant de beautés réunies dans ce dernier chef-
d'œuvre ne le préservèrent pas au théâtre de la
froideur et de l'indifférence du public. On ne cite
aucun motif particulier de cette nouvelle injustice; remarquons cependant qu'*Athalie*, destinée aux élèves
de Saint-Cyr, ne fut point jouée par elles, mais représentée par des acteurs ordinaires, privés de l'espace
et du costume sur lesquels comptait Racine. Non-
seulement l'effet des grandes scènes se trouvait
ainsi perdu, mais encore la vérité des caractères
devait en souffrir. Il est douteux que le spectateur le
plus intelligent pût apprécier, du premier coup, un
Joad travesti, tenant le milieu entre le gentilhomme
et l'abbé. On n'avait fait supporter ces images de
convention dans les tragédies profanes qu'en rap-
prochant aussi de nos habitudes les caractères et les

---

[1] *Qui dat jumentis escam ipsorum, et pullis corvorum invo-
cantibus eum.*

sentiments des personnages. Mais le pontife hébreu
et ses lévites, peints dans *Athalie* avec une mâle
fidélité, n'admettaient pas ce rajeunissement ridicule,
et le public était excusable de se méprendre à la
valeur des figures qu'on ne lui montrait ainsi que
masquées.

Soit fatigue, soit découragement, le poëte ne ren-
tra plus dans la lice après cet échec immérité. Il
finit même par douter de la beauté de son œuvre en
la voyant délaissée par les spectateurs, et Boileau
seul en resta l'admirateur fidèle. « Je m'y connais,
disait cet excellent juge pour consoler son ami ; c'est
ce que vous avez fait de mieux, et le public y revien-
dra. » Mais Racine ne vécut pas assez longtemps
pour être témoin de ce retour et jouir de ce dernier
triomphe.

La postérité lui a rendu justice. Doué d'un génie
moins fier et d'un talent moins dramatique que celui
de Corneille, mais d'une sensibilité plus profonde et
d'un sentiment de l'art plus délicat et plus exquis, il
devait partager avec lui l'admiration des âges suivants. Elle lui a si peu manqué, qu'aucun écrivain
peut-être n'a exercé sur l'art une influence plus
générale. Si l'époque actuelle, éprise des créations
vigoureuses et hardies, semble assigner le premier
rang à l'auteur du *Cid* et de *Cinna*, les critiques du
XVIIIᵉ siècle, qui adoraient chez son rival la perfection
savante de la peinture et la magie du style, lui accor-
daient une préférence marquée. C'était sur son langage que se modelait la langue poétique, sur sa
manière que se réglait la tragédie. Le caractère
d'élégance soutenue et de régularité harmonieuse

2.   18

dont la poésie française se montrait alors si jalouse,
était un héritage qu'elle tenait surtout de Racine, et
les efforts même que l'on a tentés de nos jours pour
y ajouter d'autres richesses n'en ont pas diminué la
valeur.

FIN DU TOME DEUXIÈME.

BIBLIOTHÈQUE

NATIONALE

PUBLIÉE

SOUS LE PATRONAGE

DU

GOUVERNEMENT.

SÉRIE LITTÉRAIRE.

2ᵉ volume.

www.ingramcontent.com/pod-product-compliance
Lightning Source LLC
Chambersburg PA
CBHW051819020726
47502CB00005B/1536